蝙蝠か燕か
西村賢太
文藝春秋

目次

蝙蝠か燕か

装画　信濃八太郎
装丁　野中深雪
DTP制作　ローヤル企画

廻雪出航

新旧の商店が疎らに建つ一本杉の通りを突っ切ると、桜川の細い流れにぶつかる。そこを右に折れた途端、視界の銀灰色が一気に展けた。

架橋の向こうに七尾湾が拡がっている。

しかし、その光景はひどく荒漠とした印象であった。雪の舞う暗い空と、その下なる内浦の静寂な海面は何やら色合いも同化して、やけにこう、視覚的に陰鬱な寒々しさを感じさせる。

否、視覚的ばかりのことではない。

七尾の駅からもう二十分ばかりも歩いていると云うのに、己が体温は身に纏う黒のコートとスーツの内側で、その上昇を覚えるところが一向になかった。むしろ、冷えが沁み入る一方であった。剝きだしの左手——ジュラルミンのアタッシュケースの、その取っ手を握った方の手が冷えきっているのは当然としても、コートのポケットに突っ込んだ右の手までもが軽ろき悴《かじ》かみに捉われている。そして、白く変じる息を出し入れする合間の、水っ洟を啜り上げる頻度と云うのも最前から俄かに増していた。

まことに、侘しくなる程に寒々しき行路である。

だが、その灰色の乱れ舞う前方へ尚と足を早めて進んでいったのは、別段に件の、魂冷ゆる荒寥の景色に心魅せられて、と云った類のことではない。先般の内見の際に、仲介の不動産業者の車が辿ったルートを忠実に擦《なぞ》ってのものである。

従って此度《こたび》もその折と同様に、湾の岸壁に出る——国有なのか私有なのかは知らぬが、何かの敷地内になるらしき岸壁沿いの道の、その一本手前を左に入った。程々の大きさの新興住宅が点在する、新しく舗装された通りである。

そこから更に七、八分——灰色に澱んだ空と海を右にしながら七、八分も真っ直ぐに進み、ようやくのことにその建物の庇の下へと入ったときには、私の心中には〝辿り着いた〟との感慨が浮かんでいた。大袈裟なようだが、けれど実感としては全くにそのとおりであった。思えば三十分も続けて歩いた様《ため》しは、ここ数年絶えている。

玄関の扉を開ける前に、頭頂とチェスターコートに付着した雪を手で払った。風が強いこともあり、どこかの雪国と同じ要領で傘をささずに——イヤ、元より傘は東京を出るときに持ってこなかったが、やはり北陸の能登にふるのは、その種の雪とは些か異なっているらしい。付着したそばから水滴へと変わる質の雪である。小脇に抱えていた段ボール製の薄手の函も、表面は僅かに湿りを帯びていた。

先程に不動産屋で貰ってきた鍵で中に入ると、薄暗い室内には冷えた匂いが立ちこめていた。

玄関口にあるブレーカーを押しあげ、一番手近のスイッチを捻ってみると、予想に違わず頭上の明りが灯る。台所と六畳間の、備え付けの照明器具もそれぞれに点く。事前に電話で申し込んでいた通り、本日より電気は供給されていた。水道水も、無事に出る。但《ただし》、立会いが必要なガスの開栓は明日からのこととなるらしかった。が、どうでここで煮炊きをするつもりはなく、在京時同様、すべて外食で済ます腹でいるので、それは明日が一週間後でも一向に構わぬ。風呂もこの時期であれば一日二日は入らずとも何んら痛痒はない。十代の頃は銭湯代を惜しみ、夏場でも入浴は十日に一回程度で病気に罹る様もなく過ごしていた。この同じ流れが、三十歳になった現在では出来ぬと云う道理もあるまい。

それよりも——そんな追憶をするよりも、まずは煙草を吸う行為の方が、今の私には最たる優先事であった。何んだか久方ぶりの長の歩きと思いがけぬ指先の凍えも相俟って、すっかり喫煙するのを忘れてしまっていた。

それだから、玄関口に置いたアタッシェケースの中から新品のアルミ製の灰皿を取り出すと、一寸考えたのちには、やはり荷物を持って台所の奥なる六畳間へと移動した。

膝下十五センチの黒のチェスターコートを着用したままなのは、火の気のない室内がどこもかしこも冷蔵庫同様の薄ら寒さに充ちているのに気付いた故である。

あぐら座りの下なる畳も、尻に容赦なき冷気を惻々《そくそく》と伝えてくる。窓を開けずに続けて三本のラッキーストライクを灰にすると、冷気に澄んでいた室内には忽ち紫煙が立ち籠めた。腕時計を見ると、正午になる少し前である。

事前の手筈通りに事が運べば、これから午後二時までの間に、昨日東京から送った布団とカーテンが届くはずである。宅配便の時間指定でのものだから、まず間違いなく二時までに届くであろう。それを受け取ったら再び外出ができる。この何もない寒い空間にいるのには、早くも嫌気がさしていた。

まずは、寺へ行って掃苔がしたかった。つい十日ばかり前に、祥月命日の墓参と法要で行ったばかりの藤澤清造の墓に、取り敢えずぬかずきたかった。ぬかずいて、この七尾の地にも室を借りたことを報告したかった。すべては、そこからである。

だから一刻も早く外出したくてならないのだが、さすがに布団だけは今日のうちに受け取らなければ、それを無しにしてこの部屋で夜を明かせる自信がなかった。時を経《た》てるごとに、室内の寒気が深く身に沁み入っていたのである。屋内でありながら、白い吐息は依然として目に映る。

腰を上げたのは、いっかな暖まらぬ尻の冷たさに辟易した故もあるが、何より最優先にするつもりの作業があったことに、ふと気付いたからだ。

持参した薄手のボール紙の中から、縦六十センチ、横四十センチの木枠の額を取り出し、それを同じく持参した留め具でもって、白いクロスが張られた壁面の上部に架ける。

藤澤清造の写真を大きく引き伸ばしたものを入れた額である。右斜め向きの顔がアップで撮《うつ》された写真だが、その角度と云い両眼を瞑った暗い表情と云い、そしてまた元のトリミングが首から下を不自然に切っている為に、何か生首と云うか、晒し首みたいな印象を放つ、不可思議な構図の写真である。しかし、写真資料の極端に少ない藤澤清造にとっては実に貴重な一枚であり、私が最初に目にしたところの、この人の肖像でもある。新宿一丁目の虚室にも同じ写真額を壁上に掲げて朝な夕なに眺めている為に、これは七尾の地でも常に目にしていたかった。

で、これをセットし終えると、私はまた畳にあぐら座りし、そして再び煙草を吸いながら、ぼんやりと額の中の〝師〟の顔を見上げる。

——いつまで、ここに居られるだろうか。生活が立ち行かなくなれば、まず、この室は引き払わねばなるまい。

それまでに、基礎的な調べ事を十全に済ませ、初手の足場を固めておくことを心に期した。

藤澤清造の故郷である能登・七尾に部屋を借りようと思ったのは、昨年の——一九九七年の、暮近くの頃であった。

この年の春に、初めてその地を訪れていた。

三十歳を目前にして再び暴行事件で逮捕され、起訴もされた私を相手にするような人間は、もはや誰もいなくなっていた。これに先立っては、研究小冊子を作成する程に打ち込んでいた田中英光の私小説に対しても、向後は熱意を継続させることが許されなくなっていた。随分と良くして頂いていた、その作家の遺族のかたに酔って暴力を働き、出入り禁止となった為である。自省の念からも、田中英光の四文字は自身の内より消し去らざるを得なかったが、同時にすでに英光イコール小説となっていた故に、その方面への興味も無理に断ち切る格好となった。

そんな四面楚歌に加えて、自らの楽しみも何もなくなってしまった現況は、すべては自業自得のなせる業である。何から何まで自分が悪いのである。が、そうは思ってみても、この状況は案外に心が苦しかった。気力と云うものが湧いてこない。只管《ひたすら》に、自分と云う人間が情けなくてたまらぬ思いに打ちひしがれていた。

藤澤清造の私小説である『根津権現裏』をもう一度読んでみたのは、つまりはこの状態に対する苦し紛れと云った心境からであったに相違ない。以前に一度、抄録物を読んでいた。妙にネチネチとした、くど過ぎる程にくどい文体でもって一つ事を延々と語り続けるその小説は、全体の半分以上がカットされた抄録で読んだだけでも、一種異様な雰囲気があった。無論、いい意味での異様さではない。成程、この私小説家が往時も今もマイナー的存在として扱われている理由も窺い知れた思いであったが、しかし作中の毒々しく横溢する呪詛と怨嗟のリズムは、何か不可思議なユーモアを内包していた。泣き笑いにも似た哀しみの中に、どこか〝粋〟を感じさせる要素が含まれていた。田中英光の男臭い、カラリと乾いたユーモアとは対極にあると云うべきドス黒くも鯔背《いなせ》なユーモアだが、初読当時、そこに魅かれるものが確かにあった。なので、それを思いだしたときに、この小説世界がもしかしたら現在の自分が置かれた状況、それに伴う心境にいい塩梅にフィットするかもしれぬとの期待が生じ、再読する気になったのだ。もう、その方面とは無縁でいることを心に期していたはずが、つい再読する気になってしまったのだ。

結果は、期待以上であった。合致どころか該小説は、このとき予想を凌駕する止血剤の効果を発揮した。

すぐさま抄録物なぞではない、古書市場では稀覯本の内の一つに数えられる原本を探し、折良く三十五万円の値で出ていた函付無削除本の完品を無理な借金をして入手、全文にありつくと、この藤澤清造と云う私小説家に更なる期待が高まった。そして古書展や古書目録でその著作の所載誌を血眼で探し、一点ずつ読んでいくうちに、この期待が無い物ねだりの幻想でないことを知った。同時に作者に関する参考文献も渉猟して、その人物の沿革を徐々に知ると、何かこう、うれしくてたまらなくなっていた。その生き恥晒しに徹した不様さがうれしかった。また生き恥だけでなく、脳梅で頭が狂った挙句の芝公園での野垂れ死に、かつ当初は身元不明者として行政の手で荼毘に付される死に恥まで晒したのも良かったし、直系の血縁が途絶えていると云う、そのどこまでも惨めな野良犬ぶりも、大いに気に入った。

冴えない自分の人生には、この私小説家の航跡が唯一無二の道標になるように思えてならなかったのである。

で、そうとなれば最早私も〝四面楚歌〟を嘆いている場合ではなかった。能登の七尾にあると云う該私小説家の菩提寺を訪れ、ありったけの敬意をもて、その墓前にぬかずかずにはいられなかった。

その最初の展墓が、昨年の三月だったのである。そして半年を経たのちに再訪してからは、月に一度、命日である二十九日を選んで新宿から七尾へと向かうようになったのだが、行けば当然に日帰りと云うことはない。該地での、かの私小説家に関する調べごとが山積している為に連泊をする流れにもなる。と、なれば当然にその費用が問題である。僅か四日間の滞在でも宿代は二万円を軽く超えるし、町から離れた健康ランドに泊まったところで、それはそれで館内の飲食料金と云うのがえらく嵩む。悪いことに私は無駄に大酒を飲んでしまう、至って自制心の利かぬ質にもできている。なので、この際はアパートの一部屋を借りた方が、長い目で見れば結句《けっく》は得策であろうとの判断を下した。

七尾と云う地は確かに賃貸部屋の室料こそ安いが、肝心の空き部屋と云うのは左程にはない。

それでも探しているうちには、駅から徒歩三十分の、七尾湾に面した二階建て木造アパートの一階部屋が見つかった。交通手段にバスさえないのは甚だ不便だが、他に手頃な物件の選択肢も見当たらぬところから、取り敢えずこの部屋を借りる腹を決めて手付けを打ったのが先月の、藤澤清造の祥月命日である一月二十九日のことであった。そして十日ばかりを経た本日に、諸々の手配を整えた上で、朝六時に東京を出て七尾にやってくると、まず不動産屋に赴き部屋の正式契約を済ませ、それで七尾での生活も一応始まる格好となった次第である。

長年棲んでいる、新宿一丁目の八畳一間は室料が高い。それとの二重の賃料捻出は、そういつまで続くはずもない。

が、差し当たってはこの東京と能登で月の半分ずつを経《た》てる生活を押し通してみたかった。藤澤清造が生まれ、満十六歳時までの人格形成期を過ごした地の雰囲気を体感したい思いもさることながら、起居の拠点があった方が、当地での調べ事もより能率的に没入できるような気がしたし、また妙に排他的な扱いを受ける事態も減少し、得るものが多くなるかもしれぬとの狙いもあった。

藤澤清造の人と作品に新たな希望を見出してからのこの約一年の間に、私はその基礎調査の一つとして七尾を含む石川県内の様々な人物宛に照会の手紙を書いていた。無論、一八八九年生まれでかぞえ四十四歳で没した藤澤清造を直接に知る人は、現時点では皆無である。十年前なら、まだ辛ろうじて間に合っていた。この十年前と云うのは、私が田中英光の調べ事に、殆ど狂的に没頭していた時期に該当する。その期間に、もし藤澤清造にかように強く魅かれていたならば、伝記的な手がかりを得る可能性は今よりも確実に有していたはずなのだ。それを思うとヘンな焦りも生じ、交遊のあった人物の遺族は云うに及ばず、七〇年代や八〇年代の地元新聞に藤澤清造関連の文章を書いた記者に対しても存命、物故を問わずに手紙を書き送った。当時の取材で得た情報やそのメモ等を伝受したかったのである。

元より、無謀と云えば無謀なアプローチである。虫が良いと云えば、そうも云えるであろう。しかし、生来が没入癖の人一倍強い私は、最早藤澤清造に関することでは一切なりふりを構わなかった。はな、なりふり構わぬことを心に決めて臨んでいたのである。そこいらの大学教員や高校教諭などの、所謂〝近代文学研究者〟如きと同じやりかたをしていては、自身の中で〝空白となった十年〟を埋めることはできぬ。人が十年かかるところなら自分は二年で果たすべく、とにかくその資料は肉筆物だろうが印刷物だろうが身銭を切って一切合財買い蒐め、一寸でも関連を見出せばその対象を訪ねて、この私小説家の残影を追うことで一生を棒にふる腹を固めてかかっていたのである。

しかし、かような覚悟と云うのは、ともすれば当人が熱くなれば熱くなる程にカラ廻りしがちにもなる。私の場合もその轍を踏んだものらしく、それらの手紙に対して色よい返信を貰えた様《ためし》は、ほぼ無かった。殆どが、同封したこちらの住所と宛名を記入した葉書も戻してこなかった。

そも、見も知らぬ相手から便箋に七枚も八枚もの書簡が来れば、それだけで警戒されるのは無理からぬ面はある。が、私としては生来の悪筆をつとめての楷書でしたためた、その長文に込めた熱意を汲んでくれるところまでを計算に入れている。その熱意が全く伝わらないのは所詮は止むを得ないとしても、全員が全員、まるで申し合わせたように無視をきめ込む辺り、これには案外に、石川の人間の県民性と云うのが作用しているのではないかと疑いたくもなってくる。

即ち、その異様に強い排他性である。あの、馬鹿と田舎者が持ちがちな狭量きわまりなき擯斥《ひんせき》根性である。加賀にしろ能登にしろ、その地元言葉のイントネーションは関西風のものだから、京阪方面に対してはそうでもないように思われるのだが、関東、殊に東京の人間に対しては、妙に警戒心を露わにしてくるのだ。と、こんなのは、おそらくは私一人が抱く偏見であり、そうした対応をされるのは、そうされるだけの胡乱さを私自身が発しているからであろうとの思いもあるのだが――けれど、やはりそれだけでもないような気もする。早いためしが、これまでの流れである。七尾にて、ひと昔前に存在していた商店の位置を一寸尋ねたとする。初対面の古老の人物に、それを尋ねてみたとする。すると、その場所については知っている限りのことは教えてくれる。しかし、その商店の経営者家族の行方を聞こうものなら途端に表情を引き締めて、「なんも、なんも。わたいら東京の人に、滅多なことは言われんさかい……」と返してくるのが石川県の人間なのである。何かを履き違えた感じのこの警戒ぶりは、僅々一年の間にもすでに幾度となく眼の当たりにしてきたところであった。

無論、七尾に部屋を借りて月の内の半分を逗留してみても、それはどこまでも他所者である事実に変わりはないのだが、しかしこちらの住所が同じ市内、同じ県内であれば、その対応には多少の変化が見られるのではあるまいか。

——との、そんな深謀も一方にふとこってのことではあるが、かようなチンケな策を講じてでも、藤澤清造に関しての手がかりとなる話を聞きたい人物もいる。一回断わられたからと云って、あっさりとは退けない対象人物もあるから、なかなかに厄介なのだ。

宅配便で無事に布団が届くと、何やら意外な程の安堵を心中に覚えた。ようやっと外出ができる事態の到来に加えて、これで今夜は火の気がなくても過ごせる状況が整ったことにも安堵したのである。なので心おきなくアパートを出ると、今度は雪の舞う海を左に見ながら、町の中心部へと歩いていった。

桜川の流れに沿って右に折れ、そしてまたぞろの一本杉通りを左に曲がると、まず向かった先は藤澤清造菩提寺の西光寺である。ここには清造の墓が単独で建立されている他に、やや離れた丘陵の途次に土台の崩落しかけた藤澤家代々の一基がある。清造の長姉が一九一六年に建てた、小さな墓碑だ。

湿り気の多い水雪と云えど、それが連日降り続いている境内は、膝下十五センチのコートの裾が優に埋まる程に積もっていた。間断ない降雪と云うよりも、雨と雨の合間に雪が降ると云った態《てい》のこの地方にあっての、その積もり方である。

つい十日ばかり前に祥月命日での掃苔をしたばかりであるから、手向けた花は氷雪を弁に付着させながらも、未だ鮮やかな色を保っている。

香代わりとして火を点けた煙草を線香立てに差してから、再びまじまじとその墓石を見やった。

こんなにして、まるで日常風にこの私小説家の墓の前に進み出ることが叶ったかたちに、ふと戸惑いめいたものを含む不思議な感慨があった。けれど、もうそんな訳の分からぬ戸惑いなぞを覚えている場合ではない。

最初にこの墓前を訪《おとの》うた際に、その遺した無念を引き受けた旨は、すでにして宣言している。

藤澤清造の遺した無念を引き受ける——傍目からすれば馬鹿馬鹿しく、聞き苦しく、そして失笑ものの幼稚極まりないその宣言を、馬鹿で幼稚の見本たる私は間違いなく宣言している。失笑されようが狂信者扱いされようが、完全に人生を棒にふってかかる、その腹は固めている。

否、〝腹を固めている〟なぞ、変に息まくがものものもない。無念を引き受けるも何も、どうでそんなのは自分の気持ち一つで勝手に、どうとでも都合良く判断できる虚しき事柄だ。だから当然に、その宣誓だけでは単なる痴愚の沙汰である。いわゆる自分免許のみでは意味がない。対外的に、良くも悪くも〝あの清造狂いなら仕方がない〟と認知される域にまでゆき、更にそこをも突き抜けなければ、いくら悲壮風に「その無念、引き受けた」だの「人生を棒にふる」だの高唱しても、所詮はかなり痛めの——そしてどこまでも無意味な囈言《たわごと》である。

その種に堕さぬ為には、この先、どうすればいいのか。どうやら今先に僅かに覚えた戸惑いとは、この問いに根ざしたものであったらしい。

それにしても——本当にこの人の無念だけは、どうかこの自分に引き受けさせて貰いたかった。

七尾の市立図書館は、西光寺と指呼《しこ》の間《かん》にある（移転する前の、この一九九八年の当時は）。一度、一本杉の通りに戻るよりも、寺の横道を進んで屋外の相撲場を廻ってゆく方が少しばかり近い。

この図書館には、同じく七尾出身である杉森久英の遺族から寄贈された蔵書や資料が入っているが、藤澤清造に関する資料は非常に乏しい。肉筆類は皆無であり、作品の掲載誌も古い物は他の公共機関等からの複写品ばかりである。その点について、昨年最初にここへ足を運んだときには些か拍子抜けをしたものだが、それでも七尾の地域に関する文献はやはり豊富である。地元新聞の〝能登版〟を遡って調べるにも、甚だ重宝であった。

だが、寺を出た足ですぐと立ち寄った目的は、この日はいつもの地元紙の閲覧にはなかった。

或る藤澤清造関連の文中に、『根津権現裏』の元版がこの図書館にも収蔵されているとの記述があり、それを一寸確かめさせてもらうつもりだったのである。初手の訪館時は、別棚から出してきてくれた藤澤清造資料一式中に、その『根津権現裏』は含まれていなかった。

それ故に、係員に今回改めてその旨を告げると、どうもかの書の閲覧は当該の者の一存では決められぬとみえ、諾否を少しく待たされた上で、

「とても貴重な本やから、ほしたらここで見てもらうだけなら、お出しできますけど」

との、勿体たっぷりの前口上のあとに別室の書架から運んできて、事務スペースとの仕切りのカウンター上にようやく置いてくれる。これを持って閲覧席へ移動するのは許されぬようだが、一応、手に取って開くことは構わぬものらしい。

見れば、何んの変哲もない、普通の『根津権現裏』である。函は付いているが、函背も本体の背も灼けが強い。

予想通りに削除本であり、当然ながら献呈署名も、藤澤清造自身による伏せ字部分の書き起こしも施されていない、ごく普通の『根津権現裏』である（但《ただし》、稀覯本ではあるが）。

可笑しかったのは、見返しのところに古書展等の即売会で用いる、書名と値段を記した帯紙が挟まっていたことだ。件の本が約五万円の値がしたことを、恰もその証明書みたいに、そのまま挟んで残している。函付、削除本で五万円前後と云うのは、八〇年代

前半でのこの本の相場である。おそらくその時期に公費で購入したのであろう。数年後のバブル期には、削除本でもその五倍の値にハネ上がった。

数ページの伏せ字箇所と、念の為に奥付をチラリと確認して、その本を函に収めてカウンターに乗せた。

すると、対面に付きっきりでもって〝監視〟していた係員は、「えっ、もういいんですか」と頓狂な声を上げて、不思議そうな表情を向けてくる。

もういいのかも何も、『根津権現裏』は無削除本の完品から、このレベルの削除本まで複数冊を所持している。元より今回は、この図書館の所蔵本の、伏せ字の箇所を確認したかっただけである。同じ版でも、その箇所が異る本が存在するからである。

嫌らしい話だが、私はこのときムカッ腹を立てていたようだ。それが証拠に――これも随分とイヤらしい話だが、自分がつい三箇月ばかり前に、『根津権現裏』刊行の仲介に立った三上於菟吉宛の献呈署名入りの無削除本、かつ藤澤清造自身の書き込みが随所に入った函付きの完品を、或る大学教授から〇百万円の値で譲り受けている事実を知ったなら、一体この係員はどんな顔をするかな、なぞ思い、心中で北叟笑み溜飲を下げていたのである。

否、そう思って、藤澤清造に関する事柄で何か見くびられたところの自尊心を慰めていた、と云った方が正しいのかもしれない。

布団にくるまっても、ひどく寒かった。私は七尾の冬夜を少し甘くみていたようだった。

東京の厳寒期の冷気とは、その質が明らかに違っている。肌に感じる冷えではなく、まるで骨に泌み入ってくる塩梅なのである。その寒さによって、寝つけない。

酒の酔いはとっくに消え去っていた。かわりに、酔い醒めの頭痛が僅かに生じている。

雪は止んでいた。すでに夕方より雨に変わり、それが降ったり止んだりを繰り返していた。今は雨の音も途絶えていたが、微かに聞こえる波の音に混じって、時折雷が鳴り響く。二月にかような雷音の轟きを耳にするのは、生まれて初めての経験であった。

眠れぬままに、煙草ばかりを吸っていた。まさかに煙草の火によって暖を感じ取ろうとの意図はないが、布団から首と右の手だけを出して、矢鱈に煙草をふかしていた。ふかしながら、何がなしこの先の、わが身の不安を思っていた。

性犯罪者の伜、中卒、正規の職歴はないかわりに前科は有り、と云うことで、これまで随分と開き直った生を経《た》ててきた。イヤ、開き直るつもりもなかったが、そのように振る舞わなければ切り抜けられぬ場面が多かった。で、なければ三畳間一万八千円の室料を、四年以上も滞納なぞ出来はしない。

けれどその果てが、現時のこの状況である。もはや誰も交誼を結ばなくなり、こちらから訪ねていっても追い返される、この四面楚歌の状況である。まさかに、三十歳を迎えた時点でかような境遇にあろうとは思わなかったが、しかしそれは先にも言ったように、すべては自分が招いた結果であるから、取り敢えずはいい。もう、仕方がない流れである。

気になるのは今後のことだ。ついに三十歳になってしまった、これからの身の行末である。完全に、ツブしは利かなくなっている。それはとっくに――おそらく七、八年前にはそうなっているはずだったが、未だ〝二十歳代〟であることに、どこか幻惑されていたフシがある。悪いことに身体だけは至って壮健の質であるだけに、近々すぐと死ぬことはあるまい。が、こんな現状のままで五十歳にもなったら、それはそれで、かなり悲惨である。多分に、悲惨である予感のみが先に立つ。

その自覚と畏れがありながら、今また〝人生棒にふる〟と嘯《うそぶ》きつつ、こうした二重家賃の二重生活を始めてしまった。

もう、やり直しもできない三十歳になっているのにである。この瞬間であれば、もしかしたら多少の修正は叶うかもしれぬ、三十歳になっているのにである。

藤澤清造への思慕もいいが、それで生活が成り立つわけではない。そんなことは、自明の理である。だから普通の人間はどんなに敬する小説家がいたとしても、あくまでも常識的な範囲内でのアプローチを、殆ど趣味の範疇で試みているのだろう。私のように、鼻息荒く〝人生棒にふる〟と喚き、実際に全収入、全時間をそこに注ぎ込む、愚かで単純な真似は決してすまい。

とは云え、それは考えたところで詮ないことではある。人それぞれと云っては身もフタもないが、少なくとも私にはその道を採るしかない。そうしないとこの先、とてもではないが生きてゆく自信が覚束ぬから、結句これもまた、実に仕方のない流れなのである。

そんな、自身の中ではとうに分かりきり、揺るぎないつもりでもいた自問をまたぞろここで繰り返したのは、おそらくはこの能登における出航初夜の故なのであろう。元来がペシミストにできてはいるが、それが妙にしみじみとした感傷を誘《いざな》って来しかた行末を想ったのは、きっとこの地の骨刺す寒さと、意表を衝いた真冬の雷鳴が関係しているのだ。

明日になって眼が覚めれば——晴天の空の下で陽の光りを仰ぐ頃には、かような甘なよしなし事なぞ、綺麗サッパリ雲散しているに違いない。

それを願って、煙草を揉み消すと、再び瞼を閉じた。

降り積む雪には、音があることを知った。朝、布団の中でいつしかまた舞い落ちているらしき、その初めての音を聞いていた。

仕度を整えて外に出ると、重々しく垂れ下がって拡がる灰色の空と、それよりも一層に暗く、不気味な黒波の立つ海には、一面に廻雪が渦巻いていた。

昨日のような、ちらちらと物静かに舞い散るものではなく、やけに狂躁的な激しい乱舞である。

（そうだった。この時期の七尾と云やあ基本的に、雨か雪か、だったよな……）

少々、砂を噛む思いになりながらも改めて認識を新たにし、例によって傘は差さず、左手にジュラルミンのアタッシェケースを提げ、右手はチェスターコートのポケットに突っ込んで、そろそろ目に馴染みの風景と化してきた桜川の流れに沿って歩いてゆく。その川べりに繋いである木製の古びたボートの先には、一羽の白鷺がえらく哲学的な風情で、凝と直立していた。

七尾半移住の初日から一夜明けた本日は、藤澤清造の生家跡近くに居住する、〝エッセイスト〟だと云う老女性を尋ねる手筈であった。

以前に、地元新聞等へ藤澤清造に関する文章を幾つか発表している人で、いずれもすでに入手して目を通していたが、正直、特に伝記的記述に新味はなく、探せばすぐに集まる資料のみで構成されているものばかりだったので、この人物には改まって聞きたいような話もなかった。もし、何か新情報を知っているならば、それはとっくにご自身の〝エッセイ〟の中で発表していることであろう。

この人物を紹介してくれたのは、石川近代文学館の館長であるI氏であった。先月の祥月命日で能登入りする前日に金沢に寄り、I氏を訪ねた折に、〝藤澤清造について詳しいそうな人と云えば、このかたしか思い浮かばない〟との言のもと、その場で自ら電話をかけて、〝藤澤清造について調べている東京の人が今こちらに来ているが、七尾にも行くそうなので、その際には会ってやって頂けないか〟との依頼をし、そして私へと電話を換わったところ、先方の老婦人はひどく好意的に——殆どフレンドリーとの印象すら覚えさせる好対応をしてくれた上で、この日の、午前十時を指定してきたのだ。訪ねる前に、一度電話を寄越すようにとの指示付きでもあった。と、こうなるとどうでも訪ねて行かざるを得ない。これで行かなければ、いろいろと角も立つ。

それだから郵便局の入口近くになる庇の下に入り、携帯電話でもって約通りに連絡してみたところ——かの〝エッセイスト〟なる老婦人は、先日とは打って変わっての抑揚のない声で、「今日は忙しいので、とても時間が取れません」と、言ってくる。「どうしても、今日でないと取材できない人がいるので、どうかお許し下さい」とも述べてくる。

それならばと、代替日の提示の方を伺えば、「それも約束できません。なにしろ原稿に追われて、とても忙しいものですから……」なぞ、ふた昔前の流行作家みたいな台詞を投げてきた。

で、ここに至ってようやくに先様が石川県人であるのを思いだし、私は苦笑した。

地元文学館の館長にいい顔をしておけば、成程、文筆業に携わると自称する御当人には、この先に何かしらのメリットも生じるのかもしれぬ。その場だけ綺麗に凌いでおけば、あとはどうでもいいと云うわけだ。それが仮令、この口約束を鵜呑みにし、その為だけに東京から高い旅費と長い時間をかけてやってきた相手であるとしても。しかし先方は、まさかにその東京の者がこの地に一室を借りたとは露程も思わぬであろう。かような愚の上塗りで無駄な時間と足賃を使う破目に陥らなかっただけ、まだ良しとせねばなるまい。

「――まあ、いいよ。そうやってこのぼくを、たんと不審者視して嘗めているがいいよ」

何んとなく呟いたが、やはり、これだけでは少々慊《あきたり》なかったので、

「今に、見てろよ」

ともほき出したが、しかし、何が〝今に見てろ〟なのかは、自分でも一寸その意味が分からなかった。

ところで、そうなるとふいと行き場が見当たらぬかたちにもなったが、だったら今回は降雪も激しいことだし、金沢の県立図書館で一日中資料探しをしようかとの気になった。

なので踏み出した足は、自ずと駅の方角へと向いてゆく。

雪は町中にあっても、暗い上空に渦巻いていた。だが車の往来がある為に、足元に舞い落ちた雪は瞬時に氷片に変じて、水滴と化す。その霙《みぞれ》の路を踏みしめながら、また藤澤清造の言葉を思いだしていた。

〝能登の風土は懐かしいが、そこにいる人間どもが嫌だ。こすっからい奴ばかりだから、嫌なんだ〟

と述懐し、そして事実、満十六歳で上京したのちには母親の危篤時に一度帰ったきり、あとは終生七尾に戻ることのなかった藤澤清造に、ひたすらの想いを馳せていた。


閉館時間と同時に県立図書館を出て、金沢駅に戻ってみると、折しも七尾行きの鈍行列車は出発間際のところであった。

手動式のドアを引いて暖房の利いた車中に入ると、ふと奇妙な感覚に捉われた。これまでは〝向かっていた〟場所に、〝戻る〟と云うその概念に、何やら新鮮な面白味みたようなものを覚えた。

とは云え、すぐと面白いどころか、これから一時間半もの長き道中を、煙草の煙りとまったく無縁に過ごさなければならぬ状況と化すことに、厭悪の情が募ってくる。その不安を伴う一種の喪失感に気勢もそがれ、心中で溜息をつく感じ。

で、止むなく暫くの間は、車内の侘しき灯を反射するだけの、何も見えぬ窓外の闇の彼方に双眸をこらしていたが、やがてそれにも飽いて目を瞑った。

眠りに落ちたわけではない。心中で、またぞろの問いを発していた。

果たして、その人の無念を引き受けさせてもらえるのだろうか、との、結句は誰からも永遠に答えを明示されない虚しき問いを、ただ己が心の内で、何度も何度も繰り返していた。

黄ばんだ手蹟

二〇一七年の、十一月二十一日の夜である。

夜も、明け方に近い頃合である。

北町貫多はボールペンをノートの上に放りつけると、一つ安堵の息を吐いた。

ここ三日間ばかりもかかりきりになっていた短篇の、その下書きはどうにか終わった格好である。

「陋劣夜曲」と題して書き始めた、五十枚見当のそれの出来についての興味はない。が、とあれ此度《こたび》も一篇の出口に辿りつけたことの安堵は、文才の片鱗もないくせして未練に小説にしがみ続ける貫多の内に、得も云われぬ充足をもたらしていた。

駄作だろうが愚作だろうが、知ったことではない。これでまた、藤澤清造の〝歿後弟子〟を勝手に謳っている狂人行為に対しての、自分なりの矜恃の鎧を一層に固められる。

その一事が、これで二十年と云う歳月を藤澤清造の私小説に依り続けて生きてきた彼の心中に、得も云われぬ充足をもたらしていたのだ。

で、次はこの下書きをドローイングペンを用いて原稿用紙に清書する段だが、その前に貫多は椅子に座ったままで背を反らし、一寸手足を目一杯に伸ばしてみる。

そして姿勢を戻してから、暫時その位置での視線の先にあった、藤澤清造の木製の墓標――高さ二メートルの特注ガラスケース内に鎮座する、菩提寺オフィシャルの初代墓標をボンヤリ眺めていたが、改めて見てみると、ガラスの表面が知らぬ間に随分と煙草のヤニで煤汚れたみたくなっていることに気が付いた。

つと立ち上がって汚れの具合を間近で検分してみたが、やはり、なかなかに酷いことになっている。

他のはどうかと、その十二畳程のリビングの、三方の壁面に十四枚程も掲げた額を順々に見ていったが、〝師〟の大きく引きのばした肖像写真や生原稿、肉筆書簡や葉書類を入れたそれらは、いずれもアクリルガラスの表面を指で触れれば必ずやベタついたものが付着するであろう状態になっている。

殊に大窓に一番近い壁に掲げた扁額は、ヤニの汚れもさることながら、日光の影響も少なからず受けよう位置に配している故か、内部の巻紙の書簡までもが灼けて、ヘンな古文書みたいな様相である。

のみならず、一体いつ頃にそうなっていたものか、額内の濃紺のマットのくり抜き――書簡の見栄えを良くする為に、巻紙の外周に合わせてフレーム状に切り抜いたその窓部分から、肝心の書簡がずり落ちてしまっている。

当然、本来はピタリと納まっていて然るべき性質のものなのだ。

長の月日が経つうちに、もしかしたら重力的なことでこのような状態になったものかもしれないが、しかしこの発見は、それまで心地良い充足感に包まれていた貫多には、甚だしく心に翳さす事柄であった。

〝師〟の手蹟を掲げた額の変化に、今の今まで気付くことのなかった自分自身に駭魄《がいはく》したのである。

この毛筆四十一行の、古書市場では〝長文〟の部類とされて価値を増加される書簡を手に入れたのはかれこれ十八年程前のことだ。

そしてこれに合わせた扁額を作ったのは、それから一年ぐらい後の頃である。

そうだ。それははな、藤澤清造の生育の地である、能登の七尾を有する石川県内で作ってもらおうとしたのである。

その頃の、三十を僅かに出た時分の貫多は新宿一丁目の宿にいたが、この他にも七尾市内の、内浦の海に面したアパートにも一室を借りていた。

すでに例の〝歿後弟子〟を志しており、その〝師〟の全集と、出来得る限りの詳細な伝記を作成する為に、月の内の半分を該地で過ごし、地元での足跡の調べごとに没入していた。

一八八九年生まれの藤澤清造がもし生きていたとすれば百十一歳ぐらいのときだから、最早直接にその形貌を知る人もなく、また満十六（かぞえで十八）歳時に上京し、四年後に実母の危篤の際に帰郷して最期を看取ったのちは、終生七尾の土を踏むことのなかった同人を間接的に知る人も殆どいない状況であったが、それならそれで、他に調べるべきことはいくらでもある。

それが故、ビジネスホテルや宿屋に連泊するよりも、現地に手頃な一室を借りた方が、長い目で見れば結句《けつく》の安上がりになるとの判断に傾いてのものだった。

東京で稼いで七尾へ向かう生活は、貫多にとって当時それなりに張りのある日々でもあった。

六畳間にダイニングキッチンのついたその部屋は、新宿一丁目の本来の居室よりも広くて賃料は半分以下、と、さすがに七尾駅から徒歩三十分の距離に見合った条件を備えていた。同様なのは、こちらの部屋も至って殺風景な点である。

なので毎月十五日間の逗留中の、この虚室の居心地を少しでも良くする為に、ここでも藤澤清造の肖像写真をポスター大にまで引きのばし、それに合わせた額を県内の額縁店で誂えた。

次いで迷った末に、やはり筆跡の方も、一通掲げておく気になったのである。

当初これを迷ったと云うのは、何ぶんにも月の前半期は不在にしている上に、その室は一階に在している。留守中の、万が一の空巣被害で書簡を盗まれるのが怖かったし、上階からの水洩れ等の事故を恐れる気持ちも強かった。

だが常に〝師〟の残像を目にし、肌に感じていたい気持ちの方が結句は勝さり、貫多はこの二、三年の間にすでに十通近く入手していた直筆の手紙のうち、大正期には一流視されていた小説家の細田源吉に宛てた一通を七尾へ運ぶことにしたのである。

額装するには紙にかなりの長さがあるが、この時点で彼は扁額で仕立てることを前提として、それを選んでいた。

七尾の宿には六畳間の引き戸の上に鴨居が設えられており、そこに扁額を掲げたら、さぞかし見栄えが良いだろうと思ったのである。

それだから貫多は次に該地へ入った際には、早速にこの書簡を持って以前と同じ店に赴いていったものだ。

先のそれも、通常の既製品ではなく、黄緑色のマットを敷いて切り出した注文品であったが、その出来栄えは割合に上手い感じであったので、彼は件の店にすっかりの信頼を寄せていたのである。

が、今回はそこの店主は、貫多の顔を見るなり、

「ああ……」

と口に出して呟いたが、それは懐旧的な響きの微塵もない、むしろ警戒の要素が見て取れる、極めてつれない感嘆のようであったから、彼は何か出鼻を挫かれた格好となる。

それでもこちらには用事があってのことなので、貫多はその不可思議な態度を田舎者特有の、悪意のない無意識の無礼さであろうと、往時の自分のやたらにひねくれたものの見方で、ムヤミと他人を見下していた悪癖をここでもまた大いに発揮して、心中でも

ってこの店主に唾を吐きつけると、至って丁寧な言葉で所期の依頼を伝えてみた。

尤も、書簡の扱いにはくれぐれも注意して欲しいことと、これは買えば軽く一千万は超える代物であるから、破損や汚しは絶対に許されぬとの二点については、かなり強気な、居丈高な口調で申しつけたのである。

無論、後者には一部ハッタリが含まれている。

しかし貫多にとって藤澤清造の書簡は金には換えられぬ対象であるから、一千万が数億円だろうと、或いは数十円だろうと、それは同じことである。

で、あるからこそ初手に強めの威迫をかましておいた方が、この場合の最善の結果をもたらす礎石にもなろうと踏んだ上でのハッタリである。

だが、この店主は貫多のそれらの言葉を聞き終わると、

「そんな、冗談やないがいね。わしらそんな大切なもん、怖くてとても預かれんわいね!」

慌てた様子で言い、無雑作に拡げかけていた巻紙の書簡を、俄かに折り戻しにかかる。

「いや、別に普通に……ごく普通の慎重さで扱ってくれれば、それでいいんですよ」

その店主の反応に僅かに苦笑を浮かべながら、取って付けたように貫多は言い添えた

が、しかし尚も先様は、

「けどあんた、一千万とか、またえらい金額持ち出して……なんかあったらわしゃ、よう責任なんか取れんさかい、これは他所《よそ》さんに持ってってってくだいね。わしのとこじゃとても無理やさかい、どうか他所さんに持ってってってくだいね」

重ねて、必死な風情で拒絶する。

これは些か薬が効き過ぎたかと、貫多の心中には妙な焦りめいたものが生じたが、もしかするとこれは彼の嵩押しの言い草に腹を立てているのではないかとも思い、改めてその表情を窺ってみると、どうもそれは憤慨と云うよりも、何か災厄を除けようとする色がアリアリと張り付いている。

それでも一応、今一度の願いを口にすると、店主は、

「いや、もう堪忍してくだいね……お役に立てんで気の毒やけど、本当に堪忍してくだいね……」

と、これも田舎者特有の狡猾《こうかい》さで、何か被害者風の感じを巧みに装ってきたから、ここに至っては貫多も諦め、憮然として店を出てゆくより他はなかった。

あとになって考えてみると、どうもこの流れは未だに恐ろしく排他意識の強い石川県

人のことにしてみれば、貫多のいかにも他所者然とした怪しげな雰囲気に無条件の警戒をふとこったことに加えて、以前に作ってもらった写真額の、その藤澤清造の肖像にも問題があったものかもしれなかった。

イヤ、その風貌自体に問題があるわけではない。被写体のトリミングと云うか、元の切り取りかたに奇妙なところがあるのだ。

それは昭和七年に藤澤清造が狂凍死した直後の、大判の『サンデー毎日』の追悼記事中に付された肖像であったが、異様に写真資料の少ない該私小説家の口髭を蓄えていた頃の貴重なカットでありながら、被写体自体を首のところで不自然にプツリと切ってあるので、その斜め横からの撮影構図と、伏せていると云うよりは殆ど閉じている両の眼《まなこ》、それにモノクロ印刷の暗い印象も相俟って、何やら昔の罪人の斬首された生首みたいなのを想起させるのだ。

それをポスター大に引き延ばして額なぞを依頼しては、事情を知らぬ者からすれば貫多は死体崇拝的な信仰を病的にエスカレートさせた、一種の――まあ、進んで関わり合いは持ちたくない類の相手にも映るであろう。

しかし、それはそれとして、左様にすげなく断わられてしまっては、これは何やら味噌をつけられた格好で、尚も石川県内で作成しようと云う気は失せてくる。と、なれば東京に持ち帰って、新たに専門店を当たるより他はない。

過去に作ってもらったことのある、腕の良い業者はその後に廃業したらしい。なので止むなく貫多は職業別の電話帳を繰り、記載の広告によって都内の或る額縁屋を選ぶ方法を取ってみた。

で、その店に赴いてみると、応対したのは彼より五つ六つは年上に見える、見るからに文系と云った趣きの、良く云えばおとなしく、悪く云えばモッサリとした女性であったが、ひどく親切、かつ快活な感じで、こちらの出来上がりのイメージを事細かに尋ねた上で、いろいろとアドバイスじみた言葉も差し挟んでくれる。

無論、今度は冗談めかした調子での、

「ひとつ、こいつは坂本龍馬の肉筆の手紙と同等以上のものだとの感覚で扱ってやって下さいね」

とのこちらの釘刺しも、ニッコリ笑いつつ、

「おまかせください」

真摯な口調で、キッパリと請け負ってくれる。

聞いてみると、この女性従業員も額装の職人であり、自ら作業に当たってくれるとの由。それなので話がストレートに伝わって互いに好都合であったが、その際、貫多の側でリクエストしたところの額自体の造作は、まず書簡は封筒と共に並べ、それぞれ窓枠を作ってマットを切り抜くこと、書簡、封筒両方に一切の手を加えぬこと、そして取り寄せになる濃紺のマットと角が丸みを帯びた木目のフレームは必ず見本通りのものにし、在庫切れであっても無断で安直に類似のものを使わぬこと、との都合三点である。

紙のフチと窓枠とのバランスの具合や、採寸方面のことは何一つ口にはしなかった。それはこの女性従業員の人柄を信じ、まだ見ぬ腕前も信じて尊重し、言うには及ばぬ次第だと思ったのである。

内金としてまずは三万円を預け、残りは完成後の実費と手間を再計算して差額を支払う約で、あとは全く彼女に一任したのだが、その翌日には電話を寄越し、全体のサイズを〝縦三十四センチ、横百五十九センチ〟でいきたいが、宜しいかとの相談があった。

この律儀な配慮もありがたく、早速に作業に着手してくれた様子もうれしく、貫多はその出来上がりを多大なる期待をもって待ち望んだものであった。

が、しかし――それから一週間ばかりも経ったのちに、ようやく出来上がったとの電話連絡があり、これにいそいそとかの店に出ばっていった貫多は、その扁額の完成品を一目見て、妙な違和感が募った。

濃紺のマットも角が丸みを帯びた木目のフレームも正解である。額内の書簡と封筒との、全体のバランスも合っている。おそらく寸法も間違いのないものであろう。

けれど、何かが明らかに不正解なのである。

恐ろしいことに、その不正解点は四つもあった。

二点については、すぐに判った。

まず、両方の窓枠を深くくり抜き過ぎているのである。所詮はマットとアクリルガラスの間に挟むかたちのスタイルだから、何もこうも深く抉り取る必要はない。

次いでそのそれぞれの窓枠にも、ご丁寧に茶色い木目の小フレームを施しているのだが、これが不格好極まりないのだ。普通に、切り取ったマットの下の、白い紙の断面に軽く紙ヤスリを当てたぐらいの細工で良いし、その方が確実に瀟洒な仕上がりになるのは、素人の貫多にでも思いが及ぶことである。不格好な上に、余計な手間と材料費がかかっている。

だが、おかしいのはこれだけではない。まだ何か——もっと何か重大なミスが、間違いなくこの横長の額には潜んでいる。

そうだ。書簡の、紙の色が妙なのだ。元より大正十二年の発信年から、およそ八十年の星霜を経《た》てた巻紙である。細田源吉家の保存ぶりは良かったとは云い条、先に自室で見たときよりも、幾らか全体的に黄ばみを増しているようなのだ。

と、この疑念には、やがて眼前のかの女性自らが明確に答えてきた。

何んと、巻紙に裏打ちを施したと云うのである。

それを聞くや、咄嗟に貫多の口からは、

「ばっ、馬鹿野郎！」

との、我知らずの怒声が飛びだした。

目を見開いて硬直したようになった先方に委細構わず、扁額を裏返して止め具を外そうとすると、それは馬鹿丁寧にも上下左右の都合十二箇所にも打たれたネジでもって、固く締められている。

再度怒鳴りつけるようにしてドライバーを持ってこさせ、まだるっこしい思いでいちいちそれを外して裏蓋を開けると、あの藤澤清造の書簡の裏面全体に、無残にも黄土色の厚手の紙が、べったりと貼り付けられていた。

その三つ目の重大な不正解を知ると同時、期せずして四つ目の痛恨のミスにも気が付くかたちと相成った。

巻紙の上下、及び冒頭と末尾のいずれもの余白が、綺麗に裁断されてしまっている。

「てめえ、この野郎！　何をした！」

またもや忘我の態《てい》で浴びせかけると、今度は先方も、

「何って、裏打ちをされた方がこの先の保存にも耐えますし、普通は皆さん、こういうのって補修の意味合いも兼ねて、なさいますから……」

「何云ってんだ馬鹿、そんなこと、誰が頼んだよ！」

そのトボけた云い草に、更に怒りを煽られておっかぶせると、先方も立て続けに怒鳴られて自我を抑えられなくなったとみえ、

「誰って、あなたです！　裏打ち補修代として、別途料金がかかりますよ、って私が言ったら、あなたはそれでいいです、って言いました！」

尖った調子で言い返してきた。

「嘘をつくんじゃねえ！　このぼくが、大事な書簡をわざわざ台無しにする細工を、てめえになぞ頼むわけないだろが！　見損なうんじゃねえよ！」

「あの、てめえっていうの、やめてもらえます？」

「何？」

「私、今この事で、てめえとかって呼ばれる意味がわかりません」

「何を！」

「もし、なにか行き違いがあったんなら、それはお詫びしますけど」

「馬鹿野郎、何がもしだ！　何が行き違いだ！　てめえが達者そうな口を利きやがるから、それでぼくは信用してやったんじゃねえか。そしたら案の定、このザマだ！　だったらてめえは、はなから出来るような物言いをするんじゃねえよ！　出来もしないくせして、出来るような口を利くんじゃねえよ。てめえ、馬鹿畜生めが！」

そこまで言うと、ダラシない話だが、貫多はグシャリと泣きだした。

先にも述べたが、このときの彼は三十を一つ程出た年配だったが、訳の分からぬ悲しさに、涙腺が俄かにイカレた具合になったようなのである。

そしてこれによってその場の怒りの方もシュンとおさまったみたいになり、思えば最早何を云っても取り返しのつかぬこと故に、尚も目に涙を湛えながらドライバーを取り上げてネジを締め直すと、かの女従業員に扁額を箱に入れてヒモをかけてもらい、簡便式の取っ手まで付けてもらった上で、残りの手間賃を払うとその箱を提げ、虚しく引き上げてきたものであった。

で、この日から、かの扁額内の一通は永久に額内鑑賞のみの用途に徹したものに、せざるを得なくなったのである。

何しろ裏打ちされてなめされたから、もう容易に折り畳むこともできない。少くとも、元の折り目は消えてしまった。

藤澤清造本人が折った、その折り目が失われてしまったのである。

そして天地左右を裁断されたので、藤澤清造が手ずから切った切り口も、跡形もなくなってしまった。

今のそれは、単にあの女従業員が裁ち切った、紙の断面にしか過ぎない。

この点に自分を見失った、あの場の貫多の逆上は、所詮は他の理解は得られまい。だが往時、実際に藤澤清造に関すること以外の何物の価値も何者の存在も眼中になかった彼は、〝師〟の在りし日の孤影を偲ぶ――その存在の証となる痕跡を無意味に損ねられたことに、あれでなかなかの喪失感の淵に叩き込まれたのである。

今にして思うと、かの額縁店であれだけ声を荒らげて詬罵《こうば》を加え、よく警察に通報されなかったものだと思う。無論、店内には男の従業員の姿も複数あったのだ。

本当にあの頃は、結構な年を食っていながら、尚も人を人とも思わぬ言動を弄していた。折しも今手をつけている短篇で、その絶頂期たる二十歳頃のことを、例によってと云うか、とあれ顔を顰めながら書き上げた直後でもあるので、慚羞の念もひとしおである。

それにしても——と、貫多は改めて窓枠の奥で書簡がずり落ちている、その扁額を見やる。

決して粗雑にしていたわけではない。だが藤澤清造の菩提寺である七尾の西光寺より、ガラスケース中のオフィシャル墓標と共に預らせてもらっている、そのオフィシャルの位牌の方には日々香華を手向け、掃除も欠かさないのとは、やはり雲泥の開きがあったようだ。

扁額も墓標も、毎日無意識のうちに目の隅に入っているはずである。これで約二十年間、毎日のことのはずである。

それでいて、こんなになるまで気がつかないようでは、往時に得た喪失感なるものの正体も、所詮はいっときの、くだらぬ感情の昂ぶりに過ぎぬものであったとみえる。

金がないときには、無理に無理を重ねて安からぬ扁額なぞを作っていたのに、現在その程度の三つ四つは余裕で拵らえることができながら、しかし作り直さずに放置していることも、考えてみれば何やら慊《あきたりな》い話である。

貫多は今年の三月に、『芝公園六角堂跡』なる愚著を上梓した。

惑いを経て、藤澤清造の〝歿後弟子〟たる初志に立ち戻るべく、自分の為だけに著したいい気な作だが、この先、自著の中では唯一手元に置き続けるであろう一書でもある。

こうした些事でも慊りないと感じた以上は、是非とも初手の気持ちに還るべきであろう。

清書作業を終えたら、まずはこの額を作り直すことを期した貫多は、今一度、件の額内をまじまじと見やる。

やはり、くり抜きが深い。これが深過ぎて、空洞の中で裏打ち付きの書簡が自らの重みにたわみ、その結果で生じたズレである。

確と原因を究明した彼は、何がなしスッキリした心持ちでもって仕事机代わりのテーブルに戻ると、清書用の原稿用紙に、震えをおびた下手糞な文字を書き始める。

蝙蝠か燕か

二〇二一年一月二十九日――北町貫多は芝公園の一隅に佇んでいた。

時刻は、午前の四時に近い頃合である。

半日前に降った雪――即ち昨日の昼過ぎに、ごく短時間ながらも少しくまとまって降った雪は融解していた。すっかりと溶けて、単に雨後と同様たる撒水の痕跡を明け方近くの暗い舗道にとどめているのみであった。

尤も明け方近くと云っても、この時期にあってのそれは体感的には未だ深夜の域である。

何しろ暗い。そして、ひどく寒い。

視界の先に聳える高層ホテルに、明りを灯す窓は殆どない。背後に位置する東京タワーも、一燭の光りも放たぬ赤銅色の静かなる鉄塔と化し、月凍てる払暁の闇に同化している。

そして視線を右へと投ぐと、冬枯れしつつも尚と鬱蒼たる丸山の森が、寂寞の中に底知れぬ冷ややかな霊気を孕んで仄暗く拡がっている。

その風景のコントラストには、何か向後二度と陽光に巡り合えぬ錯覚を生じさせるものがあった。煢然《けいぜん》とも惻々《そくそく》ともつかぬ情をもて、そう感じせしめるものがあった。

貫多は、また目を転じた。

車道を挟んで遠望していた視点を体ごと振り向けて、元に注いでいた位置へと引き戻す。

闇に沈んだテニスコートと、そこだけ橙色の灯りが眩い首都高の出口とが並列している。

この二つもまた、現在も画地上は芝公園の一部である。所謂十七号地に包括される区画であり、地形自体も江戸時代の昔より左程には変わっていない。

これらの後ろになる新堀川も、今は頭上を環状線の高架に覆われた半暗渠のドブ川と化しながら、地下へと潜るその寸前の流れを僅かに外界に現わしている。

かの一帯の、昭和初期の頃の名残りと面影を求めて、貫多は最前から佇んでいた。

八十九年前には、今、立っている辺りに間違いなく存在していたところの、休憩所の亭《ちん》の名残りと面影を欲して佇んでいた。

無論それは、所詮はイメージ上のものではある。結句《けっく》は想像の域を一歩も出ぬ、横箆棒に虚しき追影ではある。しかし、その虚しさや一面の馬鹿馬鹿しさを押しのけて尚と欲する希求と云うのが彼にはあった。

殊に、この日のこの時間帯に訪《おとの》う必然性に、貫多はこの二十四年間突き動かされ続けている。

それにしても、ひどく寒い夜である。濡れた舗道を伝う冷気が、一層鋭利に被服を突き刺し肌身に届く。

思えば――イヤ、こんなのは何も改めて思うまでもなく、この時期は一年で最も冷え込みが激しい頃である。

八十九年前の、この日のこの時間帯も同じく――否、街灯の数も乏しい往時では、多分にそれ以上に厳寒骨をも突き刺すものがあったであろう。

曩時、そこに建っていた休憩所は六角堂と呼ばれていた。ベンチが置いてあるきりの簡素な亭は、夜は浮浪者の寝ぐら代わりとなることも珍しくなかったらしい。

しかし八十九年前の、昭和七年のこの一月二十九日の未明に、その場所に身を横たえていたのは小説家であった。

すでに文壇的に零落し、収入も殆ど途絶えた半浮浪者状態に窶れた私小説家、藤澤清造である。

そして梅毒が脳に廻って奇行と暴行を繰り返し、存分に生き恥を晒した果てに辿り着いたそのベンチが、結句は件の私小説家の死所にもなった。満四十二年と三箇月の生命の、終焉の地と相成った。

はな、小説家とは分からずに、身元不明の行路病者として荼毘に付されると云う死に恥までをも晒してくれた、突き抜けた〝負〟の存在の終焉地でもある。

貫多はこの人の――この私小説家の影を追って、今日《こんにち》までの生を立ててきた。

どうもこればっかりは、一切の誇張や虚飾を抜きにして自分でもそうとハッキリ断言できる程に、二十九歳から五十四歳を迎えるこの四半世紀の余を生かされてきた。

――五十四歳にもなって、〝大袈裟ではなく、この人に生かされてきた〟もないものだが、しかし振り返ってみれば事実その通りなので、どうにもかような幼稚な云い草しか当てはまる言葉が見当たらぬ。

この敬慕の念は他者には容易に理解されぬが、彼の方でも別段にそれを得たいとも得ようとも思わない。自身、何ゆえにそこまでこの人にのめり込むのか、よく分かっていないところがある。

一体に或る特定の小説家を敬すれば、自らもその影響下にある創作を試みるのは自然の流れである。それは、極めて凡庸な流れとも云えよう。

貫多もまた、そのご多分に洩れぬ一人ではあった。尤も同人雑誌に加入した当初は、あくまでも〝藤澤清造に関する文章〟をものすることのみが目的だった。いずれこの小説家の参考文献の一覧を編む際に、そこに己れの手になる該種の記載がなくては格好がつかないと思った為だ。

すでに敬慕が嵩じて〈歿後弟子〉を自任し、計七巻構成による『全集』や出来得る限りに詳細な伝記の自費刊行を公言していた彼にとり、それは見栄や体裁以上に整えるに必須となる重要課題ではあった。

で、その目的が出発点であったから、勢い彼の創作にはこの小説家に関する事柄を意図的に練り込む場面が多かった。また影響下にあるとなれば当然に、自身のものするジャンルも同様の私小説となるから、畢竟己れにまつわる話の上で、この人の存在は絶対に欠かすことのできぬ重大要素ともなる。

つまりは、一般的な小説として殆ど成立し得ぬ駄文である。ただきえ制約が多く、自らが見聞、経験したことを根本のルールに置いた窮屈な〝私小説〟に、更にそこへ自ら〝藤澤清造〟の枷をかませているのだから世話はない。所謂、主人持ちの小説と云うのはおよそ無価値なものである。

しかし彼の場合は、この人のことを抜きにしての小説と云うのは全く書く意味も興味も見出せない。従ってそんな、創作のレベルとしてはまるで同人雑誌以下の愚文を書き続けているが、その彼がこちら側で金銭を払って載せてもらう同人雑誌からは一年半で脱退が叶い、逆に少なからぬ代価を得てかような駄文を書き、現時一応はその道一本で最低限の生活の維持を得ているのは、何かの間違いの連続とは云い条、まこと不可思議な展開であった。

無論、そうは云っても、その自らの物書きとしての存在は風前の灯しびであった——これは今に始まったことではなく、常に風前の灯しび状態で今日《こんにち》までを経《た》てている。

何しろ、かような作だから自著はサッパリ売れはしない。元より刊行点数も極端に少ない方ではあったが、たまさかに新刊が出たとしても四千部刷ってそれで終わりで、のちに文庫になる様《ため》しも滅多にない。どうかして幸運に文庫化されても、ものの二年と経たぬ内に在庫分は裁断となり、品切れ絶版の憂き目を見る。

生来、あまり物ごとを深く考えぬ性質である貫多も、こうした運が良いのか悪いのかがもう一つ解らぬ自身のヘマな巡り合わせを思う際には、自らに不遇続きの文筆活動であった藤澤清造を重ね、以てその詠句たる〈何んのそのどうで死ぬ身の一踊り〉を改めて胸中に掲げるのが常であったが、ときとしてその先行きの不安はフラストレーションとなって、噴出の矛先を求める事態も起きてくる。

その為に彼は自身の現状観測と、一面それまでの清造追影記の、その中仕切りの意味合いも含めて一作をものしていた。

「芝公園六角堂跡　狂える藤澤清造の残影」との題名で、何んの為にかような誰も読まぬ、どこにも需要のない私小説を書き続けていることかを、じっくりと確認してみた一作をものしていた。徹頭徹尾読み手の存在を念頭から排した、自分の必要性に応えただけの野暮な作である。

あれを書いていたのは、二〇一五年の五月だった。それから早くも、五年半もの月日が経つ。

あの一作に手を付けたのを契機として、自分では〝藤澤清造の歿後弟子道〟の、改めての再スタートを切ったつもりでいたのだが――。

それにしても、実に寒い。まこと冷え込みの異様に厳しい明け方である。

貫多は、鼻先まで覆っていた白のマスクを下へずらして顎に引っかけた。昨年来続いている、妙な疫病の悪流行によって外出時はイヤでも付けざるを得なくなった不織布マスクと云う奴だ。

殆ど義務化となって久しいこの着用については、生来の根がひどくエチケット尊重主義にできてる貫多にそう声高にして述べ立てるまでの異論はない。今までの人生で、かような異物を付ける習慣を持った時期が皆無であるだけに、未だ馴染みを覚えず暑苦しさや鬱陶しさを感じる場面もままあったが、しかし、このときばかりはそれが顔面の一寸した防寒用品の役を果たしている部分がなくもなかった。事実、先の喫煙時より数分間ぶりに露出した顔の下半分――そこにダイレクトにあたる濡れた冷気は、口辺の周囲を埋めた白毛だらけの髭を通して頤に染み入る感覚がある。

その、もしかしたら少しく紫色を帯びているやもしれぬ唇に、ジャンパーのポケットから取り出した袋より一本を引っこ抜いたラッキーストライクを差し込んだところで、芝園橋方向からの信号が変わったらしく、眼前の道路には赤羽橋の五叉路へと流れ込む車の一群が過ぎてゆく。

　それらのヘッドライトの光を避けるように瞼を伏せつつ、百円ライターの火先を煙草に移した貫多は、はなの一服の煙りをやや顔を上向きにして吐き出した。その際に、同時にしきりと目を瞬《しばたた》いたのは煙りではなく、車の光線が目に突き刺さっていた故にである。

　五十歳きっかりで右目が白内障によって完全に見えなくなるに至った貫多は、止むなく手術で眼内レンズを入れていた。平生は特に違和感もなく、健康保険の利かぬ多焦点レンズを選んだ為に手元、中間、遠方の三つに目の焦点が合い、眼鏡不要どころか視界は罹患前よりもはるかにクリアになった程だが、これは夜間は少しく不便であって、車や自転車や信号の光りと云うのが本来の眼球の水晶体に比してえらく強烈に感じられてくるのである。殊に降雨時や、またその後の雨上がりの際の光暈は異様に眩しく、かつ滲んで映って直視するにはなかなかにきついものがある。この状況は、術後二年を経過しても劇的な改善の見えるものではなかった。

　だが、こう云うのは気にするとストレスになるだけなので、貫多はすぐと思念を引き戻す。

八十九年前のこの時間帯に、今、立っている場所の辺りで狂凍死を遂げた藤澤清造の方へと思念を引き戻す。

――それにしても、繰り返して思うが何んと寒い早暁であろうか。

ラッキーストライクの煙りのみならず、吐く息も目に見えて白い。煙草を挟んでいるが故にズボンのポケットから露出せざるを得ない右手の指先は、最前からの悴《かじ》かみで妙に強張るかたちとなっていた。

(――そりゃあ、そうだよな。こんなに寒くっちゃあ、凍死もするわな……)

貫多は心中で呟いたが、これは何も今回新たに生まれたところの感慨ではなかった。

二十四年前の昔から、この日のこの時間にこの場所で佇む度にほき出してしまう、お定まりの台詞であった。

その折に彼がふところる感慨には、まだ続きがある。

(こんなところで……)と、(誰に看取られることもなく、一人っきりで……)との甚だ感傷的な呟きを、感情のままに吐露する流れがその一連の儀式のうちみたようなものであった。

そうだ。従来の彼は、確かに続けてそう思っていたのである。間違いなく、そう思うのが常だったのである。

だが、今回は——今は、その考えに何やら変化が生じていた。

むしろ病院の寝台なぞで最期を迎えるよりも、その死にかたははるかに幸せだったのではないか、との思いに考えが傾いている。

梅毒罹患の時期こそ長かったが、いよいよ正気を保てなくなってから果敢なくなるまでの月日と云うのは、都合半年に満たなかったはずだ。その間も特にその種の医療機関に入院したとの記録(誤まりが喧伝されての記述ならある)や痕跡は認められず、失踪直前まで安下宿に独りで棲み、以前に同棲していた元娼婦(別々に暮しながら、内縁の関係は続けていた)と逢い、暴れて近所の民家の窓硝子を割り、警察に勾留される等の荒んだ行動を繰り返していた。

そんな狂人化の一途を辿っていた清造であれば、遅かれ早かれ行き着く先は、殷鑑《いんかん》遠からずの例を引くまでもなくすでにして決まってしまっている。

後始末こそ行政の手を煩わせはしたが、治療や延命の為に結句無駄となる金を一銭も使うことなく、死出に際しても誰に面倒をかけるわけでもなしに一人であっさりと旅立った最期は、〈能登の江戸っ子〉を自任し、現代の戯作者を気取った該私小説家には変に似つかわしい印象がある。その作同様の悲惨、陰鬱の中にもどこか突き抜けたユーモアと、妙な潔さとが含まれている。

一面従来の、既成の〝日本近代文学史〟の中では、その奇矯な野垂れ死にの一事のみで僅かに名を止どめていた皮肉さは措くとして、この、一見不様な最後は当人にとっても、やはり会心のパフォームであったはずである。これ以上長生きしたところで、書き手として時流に取り残された存在であれば、もっと悲惨な生しか送れなかったはずだ。それを思えば、まったくいい時に死んだ。自滅型の文士として見事な、実際羨ましくなる程の死にかただ。

——と、その点を十全に承知していながら、どう云うわけか貫多は、一方では先に並べたところの二つの感慨もふとこってていた。一体いつ頃から、かような甘な感傷の蛇足を付け加える次第になったものかは定かではないが、少なくとも前回は——自分自身の最後を、まだ左程には思うことのなかった前回には、このふやけた感慨が確かにあった。

その前回とは、二年前のことである。

件の終焉地には折にふれて足を運んでいるが、祥月命日の死亡推定時刻に訪なうこの

「一人東京清造忌」を挙行したのは、かの時期まで遡る。

「一人東京清造忌」は、元々は本然の「清造忌」――貫多が藤澤清造の能登の菩提寺に申し出て、毎年の祥月命日に行なっている回向と一セットのものではあった。

即ち死亡推定時刻とされる午前四時に、芝公園の六角堂跡地に小一時間ばかり佇んで師を想うのを「一人東京清造忌」とし、然るのち夕刻には能登七尾の浄土宗西光寺に参じ、やはり単身でもって掃苔、法要を執り行なうのが一連の流れのものであった。

が、その時期の能登は冬期中で降雪が最も激しい頃にあたり、どうかすると当日の該地への移動が難しくなることもある。

当初は行路の時間の短縮目的で飛行機を使っていたが、一度は大雪の影響で出発便が大幅に遅れ、結句寺に到着したのが夜中になってしまった際の失敗を踏まえて、以降は必ず前日入りすることを心がけるようになった。

で、それに伴い「一人東京清造忌」の方は一時見送るかたちになっていたが、この中断に関しての貫多に忸怩たる思いはなく、その点は甚だ鷹揚であった。

そもそもこれには、代替の日時が利かない。一月二十九日の午前四時前後に、芝公園の六角堂跡に立つことに意味があるのだ。ただその人を偲んで佇むのなら、それは日時に関係なく事あるごとに訪れているから、ここは当然ながら菩提寺での法要の優先につとめていたのである。

それが近年では北陸新幹線が開通し、たださえ移動時間が短かくなった上に、七尾の雪自体がさのみ警戒する程の量でもなくなってきていることから、慣例だった前日のうちの前乗りと云うのも何やら必要性が失われてきた。それでまた早暁の芝公園詣での方が徐々に復活していたが、徐々に、と云うことは再開後のそれは、必ずしも毎年の習いではなくなっている。前回に〝挙行〟したのは、その二年前のことだったのである。

そしてその年は、ひどい腰痛から始まっていた。

中年に差しかかって体重が増えるにつれ、貫多の腰痛は慢性的なものとして定着したようだったが、かの二〇一九年初頭は、前日の大晦日までは湿布で誤魔化せていた疼痛が日が改まり新年になると、一気に起き直れぬ域にまで悪化した。以前に彼は立ち上がることもままならず、ウォシュレット後の仕上げの一拭きすら痛みで叶わぬギックリ腰をやって、都合二週間と云うものを這って過ごした経験があり、その仔細は「落ちぶれて袖に涙のふりかかる」と云う短篇中に有り体に叙したこともあったが、これはどうやら、そのときに次ぐ重度のレベルであるようだった。

七年ぶりに一人で過ごす正月は、元日から何んだか幸先の悪いかたちで始まったが、しかし元より貫多は生まれてこのかたの不運続きの不遇育ちであるので、さしてその点に自嘲の念は浮かばない。

が、そうして思うように身動きができぬ中で、自らの廻りの一切の雑事をやらなければならぬ次第になると、つい先般まで殆ど同居の生活を経《た》てていた女性のことが懐かしく、その存在の有難みについて文字通りの痛感をしたり、またはひどく恨めしくも思った。

その女性とは、同居と云ってもこれは彼の虚室で経てていたわけではない。先方の、さる地方都市に所有する二LDKのマンションの一室で送っていたのである。

その部屋は彼女の親が所有するものであり、平生は彼女の方も同じ市内にある実家で両親と共に起居し、毎月貫多の方から出ばって十日間前後を件の室にて共に過ごすと云うかたちをとっていた。

当然、貫多の側のみに、甚だ都合の良い同居スタイルである。それを約七年に亘って繰り返していた。

貫多は公開目的の日記を、所載媒体を転々としながらかれこれ十年程続けているが、元よりそこに自身の生活のすべてや本音を詳述するつもりはさらさらないので、先方宅へ赴いたときは「帰宅」と記し、自らの住居に帰った際は「帰室」と叙して寡黙に明確化するにとどめ、いずれこの生活も自分の私小説の題材にしようとの考えを持っていた。件の事実について、打ち合わせと称して飲食を共にする特定少数の編輯者にのみその現状を告げていたのは、将来の創作化に備えての布石の意味合いでもある。

それが、まさかに彼のこのさもしい了見を相手に読まれた為でもあるまいが（そもそも彼女とは、貫多の創作の〝愛読者〟との触れ込みで知り合って内縁の関係にもなったのだから、いずれ自分が小説のモデルとされることも充分に承知の上のはずだった）、多分に、いくつになっても矯正の利かぬ彼の暴言癖と暴力癖がまたぞろの——実際、性懲りもなくのまたぞろのきっかけとなって、昨年の十月の初めに先方の宅から送り出されて帰京したのちには、全く連絡が取れなくなった。

いきなりそうなったのではなく、あれで長いこと、互いに修復を探り合いながらの冷戦状態を経《た》てた挙句の仕打ちであった。が、正直その頃には、貫多の方でもかの相手の複雑な精神面にほとほと愛想が尽きており、ラーメン一杯奢るのも癪にさわるような態《てい》たらくとなっていた。

で、こうなっては永きに亘ったかようなママゴト遊びも、もうすっかり片付けねばならぬ頃合となる。

ただ悪いことには、先の白内障手術は該地の眼科病院で行なっていた。

これまでに、貫多は手術と名の付く行為を受けた様《ためし》が一切ない。従って所要十分程度の日帰り施術ではあるものの部位が部位だし、そも眼球をメスで切開して濁りを吸い出し、そこに人工レンズを埋め込むと云う事前の説明に必要以上の恐怖と不安を感じていた彼は、一寸これについては自室の近場で、一人でもって臨むのにひどい心細さみたようなものを感じてしまった。

また、それに加えて術後は化膿する事態が一番怖ろしいらしく、膿んだが最後であとは失明一直線になるとの由。この憂き目を避ける為、二週間は洗顔、洗髪等の目に水がかかる行為は厳禁となるのだが、これもヘンに潔癖症で、日に最低二度は風呂に入る習慣を持っていた貫多は憂鬱を覚えてしまう。そんな不衛生な日々が続くのでは、到底外出もできなくなる。

だからこの際は手術とそれに伴うケアの期間を完全療養と定め、入院でもしたつもりで彼女の宅に閉じ込もることにしたのだ。都内の独居では、不便で飯も自分で調達しなければならぬし、何かと気が滅入ることも多かろう。いかな〝潔癖〟を自称していても、やはり長年のやもめ暮しの哀しさで、三ＬＤＫの各室の掃除は十全には行き届いていない。さすれば化膿の因となる要素がどこに潜んでいるやも分からぬ状況も生ずる。

それが為に該地の病院を選び、それはそれで一応の正解であったはずだったが、しかし先に述べた、悪いことにと云うのは手術から五箇月程しか経たぬそのときは、まだ予後の専用薬を必要とする時期であったのだ。

処方された化膿予防の眼薬は要冷蔵のものであり、その予備の分を先方宅の冷蔵庫内に置き忘れてしまっていた。

否、置き忘れたわけではない。どうでまた、そう間の空かぬうちには来るのだからと、安心して置いてきたところで見事に打捨《うっちゃ》りを食らわされたのである。そして手持ちの分が、そろそろ尽きる頃合になっていたのである。

近場の医院に相談すれば、同じ薬ぐらいは出してもらえるに違いない。が、その眼科を新たに当たるのが面倒であった。何しろ貫多は、その白内障を完全に視力が消失し、〝盲〟と診断されるまでの放置をした程に、病院に行くのを億劫がる性質にできている。これまでに手術の類を経験したことがないと云うのも、つまりは若年時の彼は保険証を所持せぬこともあって、病院はおろか歯科医院さえもゆかぬと云うか、ゆけぬ日々を経《た》てていた故の、貧とズボラさのなせる業に他ならない。

尤も、その薬に関しては先様の方でも気がさしたものか、結句は要冷蔵なのに茶封筒に入れて普通郵便で送り返してくれたが、その際に添え状や連絡の携帯メール等は一切なく、貫多の側でも礼も述べぬまま、それきり三箇月近くが過ぎようとしていた。

実質、とっくに終わっている関係であったが、しかしそうして腰が立たずに寝込んでいると、かの存在の有難みがしみじみと思われた。毎日一緒に過ごしていたわけではないが、恐ろしいことに都合七年に亘って身の廻りのことをあれこれしてもらっていると、その甘えに体が慣れて、痛む腰に湿布を隙間なく貼る芸当一つも自分一人では容易にできなくなるのである。

なので貫多の新年は、のっけから一週間をまるまる無為に打ち捨てる格好となっていた。つまりは、例年同様に冴えない一年となることを暗示するような蹴躓きであり、またそのロクなことのない一年の不運を象徴するみたいな災厄であったわけだが、この幸先のヘマな巡り合わせは、彼の心に少しく翳さす作用をもたらしめた。

従来の貫多は、新年だからと云って殊更に抱負を抱いたり、特別な意気込みを見せる様《ためし》はなかったが、五十歳を過ぎてからはその心境にも少しく変化があらわれ始めていた。

何んだか、自分の人生の先が——その終わりの地点が見えてきてしまったのである。

これは、それまでには全く意識することのなかった感覚であった。

月並みな表現だが、所謂人生の落日の時間帯と云うやつに、この自分も紛れもなく突入していることに俄かな自覚をふとこるようになっていた。今日あって明日なしの境地を、ようやく知る思いになっていた。

一方では、たかが五十を過ぎたぐらいで何もそんなにして深刻ぶるがものはない、老け込むにはまだ早い、との思いも確とあるのだが、実際問題、健康年齢と云うのを考えれば、今現在の体力や気力のレベルを維持できるのは、運良く事が進んだところでせいぜいがあと十年程度であろう。が、運良くと云っても、先にも述べたように貫多と云う男は生来その運が滅法悪くできている。

ただでさえ未だに暴飲暴食の悪癖がやまず、連日百本の煙草を灰にしている。基本的に、体調の良い日と云うのがない。この不摂生の自業自得が持ち前の不運さに直結したなら最後、もう百年目である。〝せいぜいが、あと十年〟なぞ云うのは、これはとてつもなく虫の良い囈言《たわごと》と、まるで同義のものであろう。

それなのに、彼は所期の目的は、まだ何一つ成し遂げてはいない。

即ち、二十四年の前に打ち立てていたところの、藤澤清造の七巻の『全集』と詳細な伝記の作成、発刊の、この二つの目標についてである。

それらの資料収集の途次には、貫多には〝歿後弟子〟として新たに為すべき道も加わった。

かような馬鹿げた〝歿後弟子〟を名乗る以上は、自らもまた私小説書きとして世にあらなければならぬとの、新しき責務である。それも自称作家や俗に云うワナビの類では駄目であり、少しはその世界で知られる存在にならなくてはならぬ。そうなって初めて〝歿後弟子〟なる気恥ずかしいまでの幼稚な名乗りも、辛ろうじて成立し得る流れも拓けよう。

それが故、貫多は同人雑誌から足掛かりを得たのちは、自分なりにこの目標に向かって邁進したつもりであった。

すでに清造追影で人生を棒に振ることは決めていたので、それから現在までの十五年間は、一片の文才もない低能中卒のわりにはそこそこの——少なくとも自分では〝奮迅をしてのけている〟と言えるだけの自負はあった。

だが、そんなにして前方に終わりを臨んで後ろを振り向いてみたときに、そこには何も残っていない。

何かしらあるにはあるが、それは自身では到底二度読み返してみる興味も価値もない駄作の、さして量もないくせにヘンに薄汚なく感じる不様な堆積だ。

師・藤澤清造の作のように、後世の読者が熱狂して人生を変えられた（貫多自身のことだが）ような力はどこを突ついても出てきやしない、至ってその場限りの、無意味な痴言の羅列である。

初手の入りはどうあれ、木乃伊取りが木乃伊になったと云う塩梅式で、確かに書き続けているうちには貫多も書く行為そのものに生き甲斐を見出し、どうにも離れられなくなってしまった。自分のオリジナルな〝私小説〟の稿を継ぐのが、何やら骨がらみのものになってきた。

なれば斯界のくだらぬコミュニティーから名作、佳作と持ち上げられるものには到底無縁でも、死ぬまでには何か一篇、師の代表作である「根津権現裏」に比肩し得る私小説を書き残しておきたかった。貫多自身の人生を完全に変えた、あの「根津権現裏」をいっそ凌ぐ程の魅力ある作——後世の読者が掘り起こして一驚するような、埋もれてもいつかしぶとく蘇える不屈の作を、どうにかして一篇ものしなければならぬことを痛感した。

そこまでいって、ようやくに〝歿後弟子〟を名乗ったことでの義務を十全に果たし、同時に創作の上では〝師〟から完全に離れ得るかたちとなるであろうとの思いもあった。

それが故に、この年は従前までと違って些か意識に変化の芽生えていた貫多は、何事も実践が大事だとばかりに、一寸こう、元日から仕事を始めていこうかとの心づもりでいたのである。

元日も、元旦たる午前中よりどこから依頼を受けてるわけでもなく、持ってゆく当てとてない創作の原稿を書き出そうかとの腹づもりでいたところが——件の立つことも座すこともままならぬ、激しい腰痛の出来《しゅったい》である。

つくづくヘマな流れだが、しかしながら結句はこれが、すべての事柄が思うようには順調に運ばぬ、貫多の冴えない一年の始まりだった。

だが、そんなにして腰の痛みに呻吟しつつも、一方で彼は、今年は〝歿後弟子〟を名乗る上での他の必須作業を種々進める腹でいた。

そしていよいよこの年から、その最初に設定したところの、作品普及の一助となるべき計画の実現化を果たしてゆくつもりでもいたのだ。

但《ただし》、それは決して清造作品の一般的な膾炙を狙ってのことではない。元より貫多には、藤澤清造の殊更な再評価を願うと云った気持ちは薄い。別に、世間的には埋もれた幻の私小説家のままで良いと思っている。埋もれていようが忘れ去られていようが、個々の感性でその作に魅力を感じた者だけが、愛読者としての敬意を個々に払えばよいと考えている。はな、その自分だけの楽しみを他人と共有しようなぞ云う気持ちが全くない。

従って〝歿後弟子〟の〈最大義務〉たる、大本命の七巻構成による『全集』や伝記も、結句は自分の為だけに作るものなのである。それらは単に自身が欲している刊行物だから、自身で作成しようと云うものなのである。

それが故に最初にこの企画を広言し、オールカラーの二十八頁に及ぶ内容見本を配布してから二十年経って未だに未刊、すっかり棚上げ状態のままとなっていても、彼は至って恬然たる心持ちでいられた。別段予約金を取っているわけじゃなし、まとめてその作を読みたいと云う者がいれば何もこちらの『全集』を待つまでもなく、各々が勝手に古書店や展で所載誌を渉猟するなり、公共機関の所蔵からコピーを取るなりすればいいだけの話だ。

曩《さき》に――二〇一一、一二の両年に、新潮文庫で藤澤清造の二冊の作品集を編んだ際も、貫多はどこまでもその思いのままであった。

この二冊の文庫本自体、誰よりも彼がこう云った形式での清造作品の刊本が欲しかったが故の、無謀と云えば無謀な出版交渉だったのである。更に云えば『全集』も伝記も調査や資料蒐集は絶えず継続しながらも、もう一方の〈義務〉たる自らの創作の足場固めが未だ万全とは云えぬ状況下では、かの二点の刊行も今少しの時間を要したところから、彼はこの文庫本に『全集』と伝記のツユ払いの役割を担わせようとの目論見があった。『全集』よりも先にその簡素版と云うか、普及版風の位置付けのものがあっても悪くはなかろうと云う不遜な企みもあった。

つまりは読み手のことなぞは一から十まで念頭にない、どこまでも自分の為の極めて独善的な上梓だったわけだが、しかしながらその深謀に一寸した誤算が生じたと云うのは、折角にして刊行を見たこの二冊の文庫本が、発刊後数年で敢えなく品切絶版となったことである。

一冊目の『根津権現裏』は、初版二万部を刷ったのちに極めて順調に三刷までゆき、二冊目の『藤澤清造短篇集』は、それより初動の勢いが落ちたものの、取り敢えず初版の二万部は在庫が捌けてはいた。

それなのに両冊とも以降の重版は見送られたのだから、何んとも間尺に合わねえ話である。が、そのこと自体は清造も貫多も所詮はこの版元とは縁がないものとして、あっさり済ますことができる。藤澤清造は創作活動が凋落すると同時、新潮社系のすべての文芸誌から締めだされ、芥川龍之介を介して打診した「根津権現裏」改訂版の上板もすげなく断られている。また、その歿後弟子を自任する貫多も因縁であるのか、かの社の社員の、編輯長とか云う権威主義の小男との確執が因で、長きに亘って同社とは没交渉が続いていた。全く、小男に権力は禁物である。

なのでそれは良いとして、貫多にとり慊《あきたりな》くてならないと云うのは、そうなると藤澤清造の作が現時新刊では読めなくなると云う一点だ。その二冊は、電子書籍化もされなかった。貫多自身はその作を広めることを必ずしも意図しないとは云い条、しかし現在の市場に著作が一冊も出廻らぬ状態に復すのは、やはりつまらない思いが残る。

そも『全集』のツユ払いのつもりだから、それが発刊されるまでは件の文庫二冊も生き続けていて欲しいのだ。そんなにして淡泊に姿を消されては、甚だ困るのである。いずれの文庫も貫多が本文の校訂を施しているが、しかしこれは新字新仮名に改めたものである故に、旧字旧仮名による『全集』本文との比較上の意味からも並立しているのが望ましいし、何よりも『全集』と、その普及版的立ち位置としての文庫シリーズがどちらも常時入手可能な状態にあってこそ、貫多の〈最大義務〉の果たしかたにも一層の厚みが増してこようと云うものだ。

完全な自己満足の世界にしか過ぎないが、その状態をいつ如何なるときにも維持、発揮し続けてこそ、彼の〝歿後弟子〟なるうつけた囈言にも、やがて一本の筋金が入ろうと云うものである。

それだから貫多は知り合いの編輯者に頼み、その勤務先の文庫レーベルに何んとか渡りをつけてもらうべくの根廻しを行なっていた。

前年から、ときには姑息な手段を用いた根廻しに継ぐ根廻しを、ネチネチと行なっていた。

当然ながら実現の可能性が一番高いのは、講談社文芸文庫である。このレーベルであれば藤澤清造の作品集が入っていても、さのみ奇異な印象もない。

だが、ここには新潮文庫での発刊をみる以前に打診を行ない、全く相手にされなかったと云う苦い経緯があった。その頃の貫多は講談社から干されたような状態にあったが、話だけでも聞いてもらいたいとの間接的な嘆願も丸無視され、完全なる門前払いを食らわせられた格好であった。

また角川書店も、同社の文芸誌に連載さしてもらっていた日記が突然に打ち切られた際の、先方の一寸こう、人を嘗めた感じのやり口が気に入らずにやり取りが途絶えていたが、貫多はその二社にも件の打診を行ない、案の定と云うか即答で断わられていた。けれど彼はこのときばかりはそれで引き下がらず、恥の上塗りを承知の上で、尚と交渉を図ったものである。

こんなのは、彼みたいな売れぬ書き手がかような無理な折衝を試みた時点で煩さがられ、事の成立、不成立とは関係なく〝面倒臭い奴〟とのレッテルを貼られてこちらが損をみる流れとなるのだが、しかしこれに当たっての貫多はそのリスクは甘受することとし、はな藤澤清造の言葉を胸に叩き込み、その流儀の実践で臨む覚悟を決めていた。

清造は小説を書く以前は、当時の演劇雑誌の花形である『演芸画報』で、長いこと訪問記者をつとめていた。役者や舞台関係者から談話を取り、記事にまとめる役割である。で、その時期を回想した随筆「重忠役者と岩永役者」（『演劇新潮』大十三・二）の一節

に、

〈私は役者衆をたづねて行く時には、もうすつかり腹をきめてかゝつたものだ。まづ第一には、それが自宅であらうと、楽屋であらうと、きつと役者一人に会ふまでには、平均三回の無駄足をすること。そして、やつとのことでお目通りが叶つて、用件をきりだすのは好いが、相手がそれをどの程度にうけいれてくれるか分らない。もしその間に、目にあまる鈍感さ不遜さがあつたとしても、決してそれを気にしないこと。これらのことをすつかり自分の肝ツ玉へやきつけておいて出掛けることにしたのだ。〉

（原文旧漢字　パラルビ）

とあるが、貫多も一つこれに倣って、事に当たってみようと思ったのだ。

先の門前払いの際には、その、たかが会社員風情の編輯者の態度——まさに鈍感、不遜な利巧馬鹿そのものの態度に心底腹が立ち、それだけに新潮文庫からの発刊を見たときには或る種倍返し的な復讐の快感に酔い痴れたものだったが、此度《こたび》はあえてそこにも頭を下げてみようと云うのである。本来なら誰にも絶対に下げぬ頭を、必要とあらば額を床に擦りつけもしようとの腹で臨むのである。当然、そこには前回の例を上廻るレベルの無礼な対応や、人を小馬鹿にした冷笑が待ち受けているに違いない。

けれど、その前回には必ずしも全うすることのできなかった忍従を、今回はどうでも完遂する必要があった。

何しろ、近年に他社で出た本の二次刊行を持ちかけるのである。坂口安吾や太宰治と云った、絶えず新たな需要のある作家の復刊ではない。昭和初期に各社がこぞって出版したところの、廉価な円本全集ブームの際にさえただの一篇もその創作が収録されることのなかった、あの藤澤清造の再刊を打診しようと云うのだ。あまつさえ初刊のときよりも出版状況の更に厳しくなっている現在は、その壁は一層高くもなっていよう。

しかし、やはり大手の出版社からその作を流通させたいのである。そうは云っても『全集』は私家版としての出版である。このかたちは藤澤清造にとって必ずしものプラスとはなるまい。一方で、メジャーな文庫レーベルにも入っていればそのバランスは取れる。延いては、わが『全集』の為にもなる。なればここは大事の前の小事なしで、自身の過去の怨恨なぞをくすぶらせている場合ではない。

それに、かようにマイナーな作家の復刊と云うのは、よく考えてみればそのこと自体が無理を通り越した話でもある。どうで断わるしかない話ならば、詳細を聞く前にきっぱり門前払いを食らわせるのと、表層だけはプランを聞いてくれてから、然るのちにやんわりと実現の難しさを説くのとで、結句その結果には変わりがない。

それならば、何もそんな編輯者の態度だとか応対だとかに一喜一憂するがものはない。仮にどんなけんもほろろのあしらいを受けようと至って虚心坦懐な心持ちでもって、文芸文庫に限ることなく、少しでも当てのあるレーベルにはすべて厚顔に交渉してみようとの腹を固めたものである。

ただ、藤澤清造の先の述懐には続きがある。


〈ところで、いざ打つかつてみると、これが予想よりはもつともつと烈しいものがあつたので、流石にかためにかためてゐた私の決心も、ともすればその途中で破裂しさうになつてきたのも、一度や二度ではなかつた。だからもしその時の私に、持つて生れた意地といふものがなかつたなら、もう私は、三人目の役者をたづねる頃には、きつぱりと弊履でもすてるもの丶やうにして、その役目を投げだした

ことだらうと思ふ。〉　（同前）

貫多の場合も、伝手を頼って持ちかけた文春文庫がそうだった。ようやくに面会の段取りをつけた角川文庫も徳間文庫も講談社文庫もそうだった。用意した座敷の下座の位置に、膝を揃えた正座でもって十分以上前から待ち受けている貫多に、各編輯者は入ってきた瞬間から警戒心をあらわにし、切りだした依頼は持ち帰ることもなくその場で却下された。そして、却下した上での先様たちの決まり文句は、

「それは、北町さんの出す『全集』の方でやられた方がいいと思いますよ」

で、あった。

その度に貫多は、打ちひしがれての帰途には決まって先の〝師〟の述懐を――その更なる続きを思ったものだ。


〈早いためしが、羽左衛門に会つた時のことだ。――羽左衛門には、「新版歌祭文《うたざいもん》」中の野崎村の久松のことについて会ひにいつたのだ。その場所は、歌舞伎座の楽

屋だつた。

で、会ふまでには、羽左衛門の飼ってゐる男衆のために阻まれて、三度か四度か無駄足を踏まされたものだが、やつとのことで会つてもらつた時には、ちやうど羽左衛門はいま楽屋風呂から出てきたばかりのところだつた。彼は大きな鏡台の前に素ツ裸のまゝで胡座をかいてゐた。そして、私がぼつぼつと話をきりだすと、

「そんなこたあ君が知つてるだらう。君にまかしとくから、好いやうに書いてくんないか。」といつた調子なのだ。この木で洟をかむやうな調子が、どこまで行つても、蓮の糸になつてくるのだから、終ひには私も、提婆に眉間を叩きわられた悟助のやうにされてきた。だから私はその時、

「止しやがれ。」と思つた。「こつちで知つてる位なら、誰が手間隙《ひま》かゝしてまで、手前のやうな間抜け野郎のところへやつてくるものか。厭なら止しやがれ。もう頼まないから。」とも思つた。で、もの、十分間もすると、向うからいへば見事追ツ払はれ、こつちからいへば、根こそぎ愛想をつかして、とつとゝそこをおん出てきてやつた。〉

（同前）

しかし、彼の場合は〝師〟のように〈根こそぎ愛想をつかして〉と云うわけにはゆかぬ。『全集』は『全集』として、他にどうでも大手レーベルでの普及版を出したいのだ。先に藤澤清造の小説を広く知らしめようとの意図は毛頭ないと述べたが、しかしそれとは別に、作品の真価についての偏見、誤謬は是非とも正したいところだ。不遇には、やはりそうなるだけの理由と云うのがその作にあることは間違いないが、しかし藤澤清造は一部の文学通気取りの間で言われるような、〝奇妙な比喩〟を多用した文体で〝読者から喜ばれぬ〟〝陰鬱な話〟を数篇だけ書いて消えた〝才能の乏しい〟小説家ではない。

その作の支柱には戯作の精神があり――それは必ずしも終戦直後の新戯作派のような、価値紊乱の論理展開や小説技法の巧みさ等の要素はない極めて原始的、プリミティブな戯作精神ではあるが、しかしその精神の本質に則ったと云う意味では、近代の文芸作品中でも極めての珍種にあたる独自の世界を創りだしている。

〝人生の悲惨事を扱った、くどくて退屈な小説〟としてのみ知られる長篇「根津権現裏」も、実際に読んでみるとこの先入観を大きく裏切る。良い意味で裏切ってくれる。

何故これまでに、該作に通底する落語のスタイルや類稀なユーモア、台詞や言い廻しの地口に通じる粋な笑い等の点に、誰も言及してこなかったかが不思議なくらいである。貧窮と性欲を陰惨とユーモアで彩ったその異様な文学的センスは、良くも悪くも他に類のない——ありそうで全くないものであって、だからそれに貫多は魅了された。

その、泣き笑いの不可思議な文体で構築された私小説にすっかり魅了され、自身の光明としてすがりつき、そして延いては己が人生を大きく変えられもしたのだ。

別段、他人も自分と同じようにこの作の真価は知らなくてもいい。自身の掌中の珠扱いにするわけではなく、所詮、小説の好みなぞは人それぞれのものである。

けれどその作が、新潮文庫以外からも文庫本として発刊を見る事態は何んとかして出来させたい。個人としてはともかく、〝歿後弟子〟を名乗る立場としての藤澤清造真価の証明は、その実現をもって成されるところが多分にある。少なくとも、そのアピールだけは果たされる。

なので貫多は、一度断わられた先に対しても再度の交渉を試みた。しつっこく、或いは粘り強く、最早終わったはずの件の話をねちっこく蒸し返して相手から大いにイヤがられたが、その不首尾は〝師〟のマイナーぶりよりも、むしろ〝弟子〟の不徳に因があることは、次第に貫多も察するようになっていた。

改めて考えるまでもなく、ただささえこの世で自分の理解者や賛同者を得るなぞ云うのは至難の業である。ましてやこの小さく狭い文芸村で、彼を知る人間からは悪評さくさく、そして彼を知らぬ者からはその又聞きに尾ヒレも羽ヒレも付いた更なる悪評で冷笑されているところの貫多のようなクズ人間が、その性根の腐った中卒の分際で、えらそうに編輯だの校訂だのの任に当たろうと云うのである。こんなものに、力を貸そうと云う奇特な出版社社員は存在しようはずもなかった。土台、無茶な話である。

だが、ここで彼にとって一つの追い風が吹いたのは、翌年の——これらの根廻し的交渉に当たり始めたのは二〇一七年の初秋の辺りからだったが、年が変わるとその翌年のことも現実的な視野に入ってきた。この翌二〇一九年と云うのは、藤澤清造の生誕百三十周年に当たるのである。

元より貫多は、生誕何年とか没後何年と云った、区切りをつけた所謂節目の年には左程の重きを置くものではなかった。かような区切りや節目とは関係なく、こちとらは日々その追慕に明け暮れているとの自覚からである。

しかし、これは出版を持ちかける上では、案外な利点があった。

版元としても刊行する建て前と云うか、出す理由と云うのが生じてくるのである。そしてこの理由が附随すると、貫多の下劣な人格や、実際は風聞以上のクソな行状とはまた別個に、編まれる作の刊行意義のみに焦点が当てられて、改めて企画も会議の俎上にのぼることにもなる。

で、結果としては、新潮文庫で品切れ絶版となった二冊については角川文庫で出してもらえることとなった。前述の建て前を押し出しても更にもう一度断わられた上で、最終手段として刊行費用はこちらで全額負担する旨を申し添えたが、実のところこれは両刃の剣の禁じ手である。大手出版社の編輯者と云うのは押しなべて馬鹿のくせしてプライドだけは無駄に高くできてるので、かような熱意の申し出は殆どの場合逆効果にもなる。が、幸いにと云うか、同文庫ではそれによって臍を曲げられる事態は起こらず、また刊行後に費用を請求してくることもなかった（逆に〝編輯費〟と、清造の代理として数パーセントの〝印税〟を預かった）。

貫多が結句、該二冊につき最終的に角川文庫に拘ったのは、同社には小ロット重版のシステムがある一点に尽きた。品切れになったら、主に注文の来ている書店に向けて百部とか二百部の、他社では出来ぬ少部数の増刷を恒久的にやってのけるシステムである。

つまりは、折角に発刊されても一、二年で初刷のまま敢えなく品切絶版の憂き目を見ることがない。あの新潮文庫の轍を踏む流れを免れ得るのだ。

また生誕百三十周年の建て前の恩恵は、更にもう一点の実現を見ることになった。

何んと文芸文庫の方でも、先行の新潮文庫版の二冊と大幅に収録作を変えるのと、書名にキャッチーな括りの副題を入れる条件で新たに作品集を出してもらえる運びとなった。

これは殆ど奇蹟のような展開であり、貫多は早速に収録する作を選び、その内の二篇を表題に採って『狼の吐息／愛憎一念』とし、副題には『藤澤清造　負の小説集』と付けた。

他に五つ程副題の候補を絞り、それを先の長の働きかけに応対してくれていた――不首尾ながらも尽力をしてくれた六、七名の編輯者にどれが一番良いかのアンケートを取った上で、結句それは参考にとどめて自身のイメージに最も近い〝負の小説集〟を選んだものだった。

そして、ようやっとめぐってきた二〇一九年。先にも云ったようにのっけから酷い腰痛に見舞われ、七年ぶりに単身で迎える侘しい正月とはなったが、しかしながらにその貫多の身中には活力が漲っていた。

本年から、いよいよ長年の藤澤清造追影を〈形〉にしてあらわしてゆけるのである。『全集』は何も生誕百三十年にこだわらなくてもよい。むしろ、そこに無理にも合わせたみたいな印象となっては面白くない。先述の如く、こちとらには節目と関係なく継続してきた自負がある。

だが今年の内に、初回配本の一巻は完全に校了しておかなければならぬ。作業のブランクもある故に、あと二校は重ねて確認した上で、当てはないが誰か別の校正者の目も通しておきたい。

版元を変えて復刊される文庫二冊についても、今一度校訂を試みる必要がある。初刊時にも随分と執拗にやってのけたつもりだったが、あとになって数箇所の誤植に気が付いた。だから責了までの時間の許す限り、目を通さなければならない。

加えて、新規の講談社の文芸文庫作品集である。他にも関連の自著の文庫化と、伝記の稿を継ぐ作業もある。

もう自分の方の創作の足場固めは、この辺でいい。

否、決してこの辺で良いこともないのだが、取り敢えず今年、来年は自身のヘボな私小説書きは棚上げとして、本然の〝作業〟に傾注する。

もういい加減、しなければいけない頃合である。

——そう云った思いが貫多の身の内で活力となり、彼をいつになく——まこと久方ぶりの向日的な姿勢にさせていた。

なので彼は、腰の痛みもようやくに引いた正月十二日に、能登七尾にある浄土宗西光寺へと向かった。その墓地の一角に眠る〝師〟に、本年の始動の報告に向かったのである。そしてそれを以て、少し遅れながらもこの二〇一九年の活動開始としたのである。

そうだ。そのときの彼は、それをして確かに開始としたはずであったのだ。


また、その年は「清造忌」の、ちょうど二十回目にもあたる巡り合わせにもなっていた。

「清造忌」と云っても人気物故作家のそれみたく、広く参会者が集う忌日祭ではない。生前の友人知人のみで行なう内々のものでもない。元より藤澤清造の生前を知る人物は、最早この世に存在しない。先の「一人東京清造忌」同様に、単に貫多が一人で行なっているに過ぎぬ追善回向であり、おそらくは最も小規模少人数で、最も認知度の低い文学忌である。

それまでに藤澤清造の忌日回向は、ただの一度だけ挙行された。一九五三年に、藤澤家の菩提寺である七尾の西光寺に墓碑が建立された際――代々の一基とは別個に、清造単独の木製の墓碑が建立された際に、故人をよく知る地元の書画家、横川巴人が中心となり、有志九名が集まって初めての追悼会が開かれていた。

死後二十一年を経て建立されたこの墓標は、当時唯一の縁者として残っていた嫂《あによめ》――即ち清造の亡兄の妻である女性が、行き場を失い身を寄せていた七尾市内の旧知の銭湯で、小遣い銭的に得た金を貯めてようように成したものである。

だが、その集まりはあくまで一度きりで終わって継続することなく、かの嫂は一九六六年に老人ホームで亡くなり、一九九〇年には木製の墓標も朽ちかけて取り払われ、件の銭湯の主人によって御影石製の墓碑に建て替えられたが、貫多は毎月の命日に掃苔に赴き始めた翌年だったかに、どうせなら一月の祥月命日の法要は「清造忌」と銘打って行なうことを、寺の前住職に申し出たものである。

そしてこれもどうせなら、かの嫂の無償の執念と一度だけ開かれた追悼会の意志を継ぐことを目指し、それを第一回とかぞえた上で以降毎年行なってきたところの、その「清造忌」が都合二十回目を迎える年廻りとなっていたのである。

無論、先の節目と同様に、この二十回と云う区切り自体にも、貫多はさしたる意味を見出せぬ。二十回と云っても実質は十九回目なのだから、それをして何かをしみじみ思うのも、一種筋違いの感じになろう。

だが、これで案外に験を担ぐ癖《へき》のある彼は、この〝始動〟の年が図らずも藤澤清造の生誕百三十年にあたり、偶然にも第二十回の「清造忌」にも該当するのを、何か幸先の良い奇貨として捉える面もなくはなかった。

それが故に、その日――一月の十二日に活動開始の報告に赴いてから、左程に間をおかぬ祥月命日にまたぞろ能登へと向かった貫多の心中は引き続き――そして尚と爽快で前向きな気持ちに充ち溢れていた。

いかな大切な〝師〟の墓参と云えど、こう毎月のことでは（殊にこの月は二度目のことだ）初手の頃の異様な高揚感は失なわれて久しいし、道中の見飽きた風景に耐えるのも、それが片道五時間のものとなれば最早苦痛の感興しか起こり得ない。

しかし、此度は違っていた。そのはなの高揚感も、俄かに蘇えっていた。

金沢で乗り換えた在来線は、津幡を過ぎると窓外の景色が田畑に継ぐ田畑となる。名実ともに能登の地域に入ったわけだが、その風景に牧歌の匂いは漂わない。冬の北陸特有の、二六時中重く垂れ込めた――不思議なくらいに低く頭上に垂れ込めた雨雲が、田園の牧歌の風情を見事にかき消している。どこまでも暗く、いっそ凶々しいまでに陰々滅々とした、灰色一色の世界である。

けれど車中にて、校了の近い自著文庫本ゲラの、最後の確認を行なう貫多の心は到って爽快だったと云うのである。

その彼は、最前より校正刷りから顔を上げ、窓外の荒寥たる風景に虚ろな目を投げつつ、脳中ではしきりと一つの事を思い返していた。

二十二年前に、初めてかの地に――能登七尾に、藤澤清造の墓参に向かった日の記憶を思い返していた。

二十二年前と云えば、一九九七年である。三月であったから、貫多が三十歳になる四箇月ばかり前の頃だ。

二度目の逮捕での、十一日間に亘る留置場勾留（金曜の夜に捕まった為、自動的に勾留期限が一日延びた）を経て起訴もされた、その直後のことである。

苦し紛れの逃避の感覚とすがりつきたい気持ち、そして最後の光明への希求とで、その人の墓前に矢も楯もたまらず向かったものだった。

差し当たり、現時そこにしか自分の行き場所がないとの、妙に追いつめられた思いであった。

否、実際に彼は、追いつめられた状況にあった。

前年に田中英光の遺族から出入り禁止を食らったことが、精神的に応えていた。

貫多は十九歳時に該作家の著作を読み、私小説の面白さを初めて知った。それまで推理小説ばかりを好んで読み耽り、純文学――殊に現今のその種は、読み物として何が言いたいのかサッパリ分からぬヘタさと無意味さ、読み手の嗜好を十把一絡げに安っぽく想像した上で、そこに合わせた阿りみたようなものが見え隠れする、およそサービス精神とは別種のイヤらしい迎合ぶり等がどうにも苦手で遠ざけていた。

敬して遠ざけていたのではなく、単に唾棄すべき小説風の駄文として遠ざけていた。

しかし或る推理小説中に田中英光の生涯をダイジェスト的に取り入れた作があり、そのデスペレートな人生にうっかり興味を魅かれたのが、いわゆる終わりの始まりと云う奴になった。

個人にとっての深刻、切実な問題を、まるで他人事のような冷めた筆致で描いた、その誰が読んでも分かる平板な文章と直截な描写（は、ときには恐ろしく下衆な、とびっきりくだらないものも含まれる）に陶然とした貫多は、すでに十四、五の頃より戦前から昭和二十年代までの推理小説探しでお手の物となっていた、得意の古書店や古書展巡りでその著作本や掲載誌を手当たり次第に収集し、熱読した。

はな低能、素人の貫多の目から見ても、その異常に多い読点や、改行が極端に少なく、同じ止めをいつまでも繰り返す独得の文章は一種のうま下手的悪文の見本じみて思えたが、すぐと小説の本当の名文とは、この田中英光のような体裁に拘わらぬ、奔放不羈の無手勝流で一気に読む側を押し切ってくる文章のことを指すのだと感じられた。私小説とは、かような或る種のドサクサ紛れみたいな文章の方が、内容の魅力をより引き出すものとの蒙を啓かれた（これを知らなかったら、のちの貫多は人前に出す文章なぞは、怖くて一行も書けなかったはずだ）。

で、やがて彼は該私小説家の研究個人誌の小冊子を続けて作ったりし、一寸こう、在野の研究者気取りの態《てい》にもなった。その故に当時存命だった英光夫人に、十日に一度ぐらいの割合で話を伺う機会を頂き、その子息のかたにも随分と良くしてもらっていたが、先にも云ったように、何しろ貫多と云うのは元来が陰性、消極の質のわりに、甘い顔を見せるとすぐにつけ上がる悪癖を有している。そしてこれも先述したように、何しろ、そもその性根が生まれつきに腐り切っている男でもある。

一夕、外で子息のかたに御馳走になっていた際に、何かの言葉の行き違いからうっかり逆上して暴行を働き、翌日には、その頃は彼の一応の勤務先となっていた古書店主の方へ、以後の出禁の旨を言伝された。

この絶縁宣告は、至極当然の成り行きである。警察に通報されなかったことを、有難く思わなければならぬ話でもある。なので貫多も先様への贖罪と自責の念から、その日をもって田中英光の小説に熱を寄せることを一切やめた。彼にとっては英光イコール小説であったから、爾後はその種に対する興味も金輪奈落持たぬことを、自身に課した。

が、これが貫多にとっては、思いの外に応えたと云うのである。何んだか生きている楽しみが、まるでなくなってしまったのだ。

最初のうちは、こんなものは破恋と似たか寄ったかの傷に過ぎず、同様に時が経つにつれて簡単に立ち直ることができようと思っていたのだが、案に反してこれは生身の異性に振られるよりも、もっと始末の悪い喪失感があった。

最早、田中英光のことはどうでも良かった。昔は愛読した作家の一人として敬しつつ、向後その作は一行も読まなくとも、全然生きていける。

だが、やはり小説——私小説を読まなければ、一寸これは以後の人生の時間を持て余しそうな不安があった。

実際、すでにして持て余していた。自分の自由にできる時間があっても、何もすることがない。そも、最も金がかからぬ消閑法として読書に親しんだクチだから、それがなくなると見事に何もすることがなくなってしまった。やりたいこともない。結句、楽しみは小説を読むことだけだったのだ。

しかも悪いことに——今先も述べたように、もうそのときは小説も私小説でないと、読書の充足を得られなくなっていた。

と云って、彼にとっての小説＝私小説の図式は、先の英光＝小説と同義であり、それは私小説＝英光の式にもなるのだから、もうどうにもならねえと云うのである。

どうやらこの辺りでは、我知らずのうちに貫多は私小説と云うものに対して訳の分からぬ片恋をしていたらしい。事実、それと無理にも距離をとり、無理にも無縁とした毎日は、月並みなやつだが正に虚しさが募るばかりの態《てい》であったのだ。

翌年に、酔余の暴行事件で逮捕された不始末は、何もそれに因を押しつけようとの思いは毛頭ない。元より彼は――現在は自省して他者に迷惑をかけぬべくつとめているが、若年時の彼は元より酒癖が悪く、元より人を見ての暴行癖（自分より、確実に腕力が弱いと思える相手に対してだけの）が酷かった卑劣の質である。なので性懲りもなく発揮したその癖《へき》に、今度ばかりは僅かに彼を相手にしていた者もすべて去り、職も失い交遊も失い、危うく棲む部屋さえも失いかけたのは、是すべてが自業自得の故ではある。だからそれらの点については諦めもつくし、責任も負う。

だが一点、それで諦めがつかず、自分と無縁のものとしてそれっきりにする訳にはいかなかったのが――これは重ねて云うまでもない。どうしても、私小説だけは生きてゆく上で必要であったのだ。

そしてこの痛感が、やはり彼の結論ともなったのである。

過去に一度、抄録ものに目を通した経緯をもつ藤澤清造の「根津権現裏」を再読し、三読目で全篇にありついて、その結論に至ったのである。随分と自分に甘な、そして随分と虫の良い結論には違いないが、この先も自分が四面楚歌、徒手空拳の〝負〟の人生を経《た》てる上では、この人の生き恥にも死に恥にも塗れた〝負の生涯〟と、不遇と冷笑の中に埋もれた〝負の私小説〟が身近なものになければ、到底生ききれる自信を持てなかったのだ。

それが故、彼がその私小説家に対して妙に多用する〝すがりつく〟と云うのは、全くこれ以外に該作家への己が心情をあらわす類語のない、唯一本質的に当て嵌る言葉なのである。

そのすがりつく思いに突き動かされて、二十二年前の彼は初めてその墓前に進み出て行ったものだった。


貫多が列車の中で校正を行なっていたのは、角川書店から三次文庫化される、『どうで死ぬ身の一踊り』と云う短篇集のゲラだった。

これは彼の第一創作集に当たるものだが、集中には商業誌に発表の機会を持つ以前の、同人雑誌所載の「墓前生活」なる実質的な処女作も含んでいる。先の清造嫂の執念の墓標が取り払われたのちに、それを西光寺から貰い受けるまでの一挿話を記しただけのつまらぬ内容だが、この作はかの寺を最初に訪れた際の場面から書き起こしていた。

何やらしきりと二十二年前の、今は昔の初手の頃をあれこれ回想したのは、おそらく——ではなく、あきらかにこのくだりを読み返していたことによる、連想の追憶であったのだろう。

一応は当初の節を変じることなく、それから二十二年と云う星霜を経てきた自負による、些か感傷の色も混じった想起であったのだろう。

そう云えば件の「墓前生活」中には叙していないが、二十二年前のその日は西光寺の境内で一個の奇妙な物体が空を舞っていた。その山門にはなの一歩を踏み入れた途端、貫多の頭上の視界に入るギリギリのところを、黒い影が横切った。

当然、このときは藤澤清造の墓を見つけることに気が急いていた彼に、それに頓着するような余裕はなかったが、さて境内に入って、呆気ない程に容易く目についたその一基にぬかずいていると、またぞろに同種の黒き一閃に気付かされたのである。

その折の貫多は彼としては万感の思いを込め、泉下の藤澤清造へ向かって、残した〝無念〟を引き継ぎ、引き受ける旨を誓言していた。他人が聞けば何んとも鼻白むだけの、まこと幼稚で馬鹿っぽい、臭気芬々たる誓言ではあろう。しかし往時もそうだが、今も貫多はこの誓言に忠実であることを自身の存在の第一義におき、片時も忘れた様《ためし》はない。

で、件の影は考えるまでもなく小禽獣でしかあり得ないのだが、更に三度目に——今度は使用した水桶を井戸の水汲み場で片しているときに横断していった際には、さすがにその姿を目で追った。

瞬く間に丘陵状の墓地の向こう、桜の満開日も近き広大な小丸山公園の鬱蒼たる木立ちの間《はざま》へと吸い込まれていったそれは、蝙蝠にしてはやけに飛行が辷らかで、燕にしてはその残像の些かまだるっこしい、変にチラチラとした動きのものである。

三月とは云え未だ冬の寒気を引きずるこの時期では、いずれの種であってもそれらが姿を見せるのは少し早いような気がする。が、忽ちにして小さな黒点となって消えたその残影は、やはり蝙蝠か燕かの、どちらかである。

そしてこのどちらも、普段は都内の空にもごく当たり前に飛翔しているものに違いあるまい。ただ平生は、それらに対して注意を傾ける機会が全くない。

該地のように、四辺に高層階の建物もなき視界の前を、都合三度も横切られない限りは注意を引かれることもないから、咄嗟には容易に見分けもつかない訳である。

のちになって思い返すと、これは貫多の脳中に案外深く刻み込まれていた一景であった。

その一羽だか一匹だかが、実際に一羽だけ乃至《ないし》一匹だけの単体であったことも、却って印象が強く灼きつく格好となった。

但《ただし》、それをして何か象徴的、暗示的な事柄をこじつけようとの思いは彼にはなく、当然何んの意味も見出させるものでもない為に「墓前生活」中には一切割愛していたものの、しかしながら彼にとっては師の最初の掃苔と云えば、北陸能登の肌寒そうなイメージに反した馬鹿のような晴天と、咲き始めていた境内の桜の古木と共に、この鳥影の閃耀が付き物となって思い起こされるのである。

で、それから二十二年を経たこの日は、列車が七尾の駅を指呼の間に臨んだときには低く垂れ下がった黒雲の隙間より、僅かながらに光が射し込んだ。が、その陽光も所詮は束の間のものであって、改札を出て常宿へと歩きだした頃には再び空は閉ざされる。

雪は、なかった。周囲のどこを見廻しても、掻き分けられたそれの堆積も痕跡も認められなかった。

尤もこれは、近年では珍しい光景ではなく、〈清造忌〉に付きものみたくなっていた大雪や暴風雪は、ここ数年はすっかりとなりを潜めている。そも一月自体、降雪の量が激減しているらしい。

分けてもこの日は、その灰色に澱んだ天候のわりにはどこか南国の冬の晴天日じみた、柔らかな風を感じるあたたかさでもある。

とは云え、さすがに日の入りだけは南国並みとゆかず、一度常宿に入って一服したのちに改めて寺へと向かったときには、すでに四辺の景色は侘しくなる程の薄暗さに包まれていたが、途々仏花や供物の清酒の二合壜なぞを購《もと》め揃えながら、寺までの十五分程の距離を歩く貫多の額には何やら汗が滲むような感覚すらあったのである。

西光寺の山門に約二週間ぶりに立った貫多は、最前までの流れからか、やはりそこでもはなの記憶と初心とを思いだしていた。

山門の傍らには市の教育委員会だか何んだかによって付された、該寺境内に在する旧跡の案内板が建てられている。数年前に設置された、まだ新しいものである。その聞いたこともない戦国武将や江戸時代の横綱の名が記されたプレートの中に、藤澤清造の名前はない。が、これでいい。貫多はそんなものの設置に猛反対する一人である。かような訳知らずの行政による町おこし的なことに使われては、〝市〟には利用価値の錯覚を生じさせても、〝師〟にとっては単に死後の恥だ。

まずは丘陵状の墓地の上部にある、清造の実姉が大正期に建立した藤澤家代々の墓を掃除し、灯明を点けて新しき香華を供した貫多は、次に地蔵堂横に位置する清造単独の一基の方の掃苔を始める。

どちらにも、その後に人が訪れた形跡はなかった。

花立ての、まだ辛ろうじての鮮度を保った仏花は、貫多が二週間強前に捧げたものである。が、この現況も、これでいい。いっとき――十年程前に貫多が一般的な認知度だけはズバ抜けている新人文学賞を貰った折には、同時に藤澤清造の名が一部で喧伝され、この墓にも俄かに訪う人物も増えたそうであった。

だが、生来が狷介な質にできている貫多は、こうした俄か読者――藤澤清造に辿り着くまでの道程に、何んら切実なものも必然性も持たぬ読者のことは、はなから一片も信用していない。

案の定、時が経てばこの態《ざま》である。祥月命日にあっての、この閑散の上にも閑散を重ねた態である。

庫裡に入ってしばらくすると、藤澤本家の二男がやってきた。二男と云っても、すでに七十歳を超えた高齢者である。

ここ数年の〈清造忌〉は、この藤澤本家二男の祖斗吉と二人だけで行なうのが常となっているが、無論、これもそれで良いのだ。例の新人文学賞後の何年かは、貫多は当日突然に現われる〝文学愛好者〟にイラついた。（「歪んだ忌日」参照）これが藤澤清造愛好者なら、その参加にイラつく理由はない。しかし藤澤清造の作は一篇も読まずして、単なる例の〝新人賞受賞作家による文学イベント〟的な心得でもってやってくる、それらの者の了見に対して腹が立ち、イラついてしまうのである。

当然に、生まれつきに狷介、かつ他人と交わしたところで所詮は無意味な文学談義なぞするのが大っ嫌いな質にできてる貫多は、そうした手合いは初手からまともに相手をせず、冷淡なあしらいに終始する。その結果、次第に原状復帰が叶い始め、やがて元の〈清造忌〉のかたちを取り戻すことができた。

だが、祖斗吉は——その質が良く言えば陽気で親切で人間好きで賑やかな、そして悪く言うなら軽率でムヤミと騒々しい祖斗吉（「どうで死ぬ身の一踊り」「棺に跨がる」参照）は、貫多の思惑とは裏腹に、しきりと他に一時のような参会者のいないことを嘆き、以前のように地元の二紙の新聞記者が取材に現われぬことを訝かってみせる。

「——ほやって、これはちょうど二十回目のことやぞ。ほしたら、ほんな区切りの年やさかい、今年はまた新聞で取り上げてくれたってええやわいね。前は毎年、両方っともに載ってたんやさかい、またちょっこりでも載せてくれたらええやわいね。ほしたら、いつからか、ふいっと来なくなったがいね！」

地元の言葉で我鳴り立て、不可解そうに首を捻ってもいたが、しかしながらこれもまた、それで良いのである。

貫多は先の〝文学イベント〟的様相を呈したのを機に、事前にその二つの地元紙支局に連絡を入れる慣習はやめにしていた。

元は——第三回に当たる折の頃からは、貫多自ら件の二紙に前もって案内を送り、取材してもらうことを打診していた。どうせなら一人でやるよりも、他にも清造愛好者がいるのならば、とその参加を願う名目だが、勿論これは完全な建前である。

本音は、単に藤澤清造にもこうした文学忌が行なわれていることの告知と認知を広めるのが目的である。石川県内のみでの認知狙いではない。地方紙と云えど、それが記事になれば結句は知る人は知る事柄として、その催しのあることは自ずと全国へと越境してゆく。検索をかければ、この催しがあるとの記述は必ず画面に表示される。それが狙いである。

けれど何度も云うが、生来が狷介で短気な質の貫多には、初手のうちこそその取材には感謝したものの、次第にこの点にさしたる意味を見出さなくなっていた。何んと云うか、一度載れば、目的は果たされるのだ。

それにこれは、毎年ではなかなかに面倒な部分も多々あった。いったいに新聞社の支局と云うのは転勤が多い。大抵は一年ごとに人が入れ替わるようで、案内に応じて〈清造忌〉の取材にやってくる記者も、各年その顔ぶれが変わっていた（そしてまた、大抵は新入一年目とか二年目とかの記者である）。

毎回、その都度〈清造忌〉の由来のみならず、そも藤澤清造とは何者であるかを一から説明し直した上で、更にその藤澤清造と貫多との関係と云うか、何故にとどのつまりは縁も由縁もない、そしてとどのつまりは無職でもあるらしき彼がかようなことを続けているかと云う、ちょっと一口では説明ができず、またするつもりもないことを一言での説明を求められる苦痛——更にそこへ人が好くて親切な祖斗吉が、ようよう順序立てて喋っている貫多の説明に割って入って、話をわざわざ核心地から引き離した上で五里霧中の状態にもさせてしまう為、それにかかる疲労の度合いは意外に激しいものがあった。

加えて、本堂での読経の際には記者自らデジタルカメラで写真を何十枚も撮ってゆくが、これも存外に――こちらから呼んでおいて言うのも何んだが、虚心坦懐に〝師〟との対話に没頭したい彼の思いの結構な妨げになる。当初は毎月行なっている事だから、年一回ぐらいはそれも良かろうと思っていたが、その一回が祥月命日となると、やはりそこには別格の思いも宿り、妨げは排したくなるのである。

そして、これは甚だ彼の側の不遜極まりない考えなのだが、そんなにして記事にしてもらったところで、結句載るのはそのいずれの地方紙の、能登地方にしか配られぬ版のみである。石川県内でも金沢や加賀方面で販売される紙面には一切載らず、その能登方面版の片隅――地元の小中学校の催しや地域の団体、サークルの行事等の大きな見出しが並ぶ片隅に、小さく載っているだけである。なので、これも先の寺の山門プレート同様、むしろ〝死後の恥〟風の感じが否めなくなったとき、彼は一切その種へ取材を乞うことをやめた。

また不遜ついでに云うならば、〈清造忌〉については貫多自身の筆で幾度も創作やエッセイの中に書いているし、向後も同様にふれる機会もある。それらの読み手は一握りの中の一摘みたる少なさだが、もはや知る人は充分に知る事柄となっているに違いない。

ならば、もうこの点に関しては自身の文章での紹介のみで良かろうと判断して取りやめる次第にもなったのだが、しかし、その旨は住職や祖斗吉にも一度ならず説明していても、この折の祖斗吉は何事につけ〝悪く言えば〟の面ばかりが発露されていたようで、その愚痴と云うか慊《あきたりな》さの表明は、随分と真剣味を帯びた熱をもて、しばしの間続いたものだった。

そして貫多は、庫裡を辞去したのちにはもう一度墓地の方に廻り、朧な月明かりで足元を確かめながら、藤澤清造の墓前へと向かう。

最前に三分の一程の長さを残して消した、対《つい》の蠟燭に再び百円ライターの炎を移したが、しかし本日二度目のそれには、今は死者への追善の意味合いは皆無であった。

そのときの貫多は、胸にふところところの自分の決意を、ただ反芻していた。

夜郎自大な云い草ながら、一応は小説書きとしてごく一部での認知は得た（この点、大いなる錯覚かもしれぬが）。『全集』作成の必要額たる金子《きんす》も、いっときの不様な男芸者の真似事で、自力で揃えることができている。

その費用は、作った手段はどうあれ、単独で用意をすることが肝要である。

かような個人の卑小な思いを貫くに――こんな個人レベルの小さな、しかしながら自身の人生を賭した意地ずくの目標を達成するに、当今、一部で安易に流行しているらしきシステムを使った、広く賛同者を呼びかけて見返り有りの金を募るようでは意味がない。そんな甘ったれた虫の良い考えを持っては、その種の物乞い根性に対する恥を知っていた〝師〟に顔向けができないし、第一、ひどく見っともない。

こんなのは、金に関しては自分一人の力で揃えてこそ意味があるのだ——と、えらそうに云いつつも、貫多は以前に同棲していた女性の親から、この『全集』作成資金の一部として三百万円を借り受け、そのすべてを自分の生活費に使い込んでしまった前歴なぞあったりするのだが、とあれかような過去の失策も踏まえた上で、金子も自力での準備ができていた。

そして版元の新しい心当たりも、ようやくに見つかっていたのである。

貫多が意気込んでいる、その藤澤清造の七巻の『全集』、及び伝記は、当初長年の——彼が二十二、三歳の頃から出入りしている神保町の古書肆、落日堂から刊行する予定のものであった。

この落日堂は古書の通信販売業の傍ら、中谷孝雄や平林英子の小説集や随筆集、矢田津世子の書簡集の他、近代文学の研究書を二十数点刊行しており、取次を通すこともできていた。

なので、実質は貫多の私家版ながらも、この取次を通す——即ち一般の刊行物として流通させることに意義を見出した彼は、前述の藤澤清造の初墓参から戻ると、すでに始めていた資料収集その他の基礎構築に日々没頭し、三年半後の二〇〇〇年の暮には、まず『全集』の内容見本を作成して配布した。

先述の如くオールカラーで全二十八ページ仕立ての、我ながらその手の配布物として先例のない、資料性も豊富な質量のものだとの自負の元、十数人の購読希望者があったのを励みとし（但《ただし》、これも繰り返しになるが、前金や予約金等は一切取ってはいない）、翌年の春には早速に第一回の配本を始めるつもりだったのだが——思いに反して、それから今日《こんにち》に至るまで、それはまだ発刊を見てはいないのである。

第一回配本も何も、未刊のまま実に二十年近くの歳月を経《た》ててしまったのである。因を一口で要約すれば、それは偏に貫多自身の怠惰と臆病にも等しき慎重さと云うことになろう。資金の面での不備も大きい。その点は落日堂のまさかの使い込みもあったのだが、今先にも述べたような、貫多の側の金に関するダラしなさが根本にあるから、土台、そんな金銭管理がルーズで、すぐと目先の必要にそれを流用するかような二者では、七巻の作成に二千万円からかかるその完遂は初手からして怪しいものであったのだ。

また両者とも、パソコンの類を一切操作できぬこともネックだった。はなは、まだそれでもやっていけるだろうとの見通しであり、事実落日堂は、インターネットとは一切無縁のまま出版業もこなしていた。

しかし、これも時を経るにつれて状況が大きく変わっていた。電話やファクシミリによる受注のみでは、小出版と云えどいかにも便利が悪く、他に従業員のいない落日堂は、いったいに平生が留守がちでもある。元よりこんなのは、年一冊の刊行としても最短で向こう七年を要す長期計画たる『全集』の版元として、到底機能しない。

そこに何んとなく気付きながらも、勢いで見切り発車——ではなく、その前段階の見切り発車の〝宣言〟だけを高らかに上げてしまったことが、そもそもの躓きにもなっていたのである。

また、それに加えて資料の面での不安も残る。

〝人生を棒にふる〟腹を固めた以上、実際貫多は日々のすべてをその追影に費やし、必要な調べ事に関しても田中英光を追っていた丸十年間を〝損失〟として捉え、その時間を藤澤清造の探索に当てなかったことを大いに悔やみながら、隙《ひま》だけはいくらでも無限にあるのを唯一の武器として、人が二十年かかって得るところを二年で済ますべく、資料を着々と揃えてきた。

が、それでも今に到っても、たまさかに未見の著作に出会わすのである。

真に完璧に作が網羅された全集は滅多にあるものではないから、これは当然に起こり得る事態なのだが、しかしながら藤澤清造の場合は、おそらくかような規模での『全集』が出るのはこれが最初で最後のこととなろう。なればどうしたってそこに一点の遺漏も残したくないし、また〝歿後弟子〟とまで名乗っておきながら、そうした洩れがあっては貫多の自尊心が悲鳴をあげる仕儀となる。これは慎重になればなる程に臆病にもなり、再度の見切り発車宣言をなかなか容易には成し得ぬ要因ともなった。

で、そんなにしているうちには貫多自身の状況が突然に変わり、商業誌で小説を書く機会に恵まれて、暫時専心の比重をそちらに置かなければならなくもなった。

〝歿後弟子〟なる名乗りが、それが単に頭の悪い、幼稚な熱狂的読者の異常な囈言としての響きのみが悪目立ちしては、延いては藤澤清造の名を汚す行為と同義になる。所詮、こう云う無名作家にはこのレベルの下らぬ読者しか存在しないだの、こんな頭のおかしな読者に過度に見込まれて、つくづく不遇に取り憑かれた作家であるだのと思われる流れの元凶にならぬ為にも、自らもまた私小説書きとして斯界に――否、斯界に限らず一般的にも少しは知られた存在にならなければならない。どうしても、その必要がある。

それを果たし得る千載一遇のチャンスの巡りに、しばらく貫多はその方に傾注し、己が足場を固めなければならなかった。

一方で、彼が自分のヘタな創作に血道をあげている間に、今度は『全集』に関する状況が何んだかおかしなことになってきた。今更ながらの、新規出版の不況にまつわるお定まりの嘆きではなく、古書市場における『全集』類の恐ろしいまでの値崩れである。

いったいに昔から、古書店での『全集』の揃いは高価なものと相場が決まっていた。バブル期の頃にはいずれも講談社版の『子規全集』や『与謝野晶子全集』は五、六十万円の値がつき、同じく講談社版の、まだ新版が出る前の『佐藤春夫全集』なぞは普通に百万円近くの売価が付されていた。

貫多が田中英光にのめり込みだした時期は恰度このバブル期に当たっており、芳賀書店版の『田中英光全集』十一巻揃いの一万八千円がすぐには工面できずにいたところ、数箇月後にその相場は三万円になり、更に三万五千円となって、最終的には大抵の古書店で五万円台の売価が定着したものだった。

それが今や根強い人気の継続する、ごく一部の作家のそれを除いて『全集』の値段は軒並みの総くずれとなっている。

先の『佐藤春夫全集』は新版の影響もあるが、現在は揃いで高くても一万円程度のものになり、その後は新版の出ていない子規や晶子も二、三万円台で手に入る。田中英光に至っては一万円以上が付いていたら今どき珍しい方で、揃い七、八千円で在庫がダブついているが、これらはまだまだマシな方である。殆どの『全集』類は古書店でもゴミ扱いになっている。

文豪のも戦後派のも歴史も推理も詩歌系も、押しなべてその古書価値が壊滅的に下落しているのだ。

これは『全集』と云うものを購入して手元には置かず、必要があれば公共機関や施設の架蔵本に頼るだけの研究者や学生ばかりが跋扈していることから帰結したところの、当然と云えば当然の流れではある。

だが、かような現況を見るにつけ、貫多は今、この状態で自分のこれまでイメージしていた『全集』を、そのイメージ通りに作成する意味や意義があるものかどうか、甚だ疑問に思えてしまった。

イヤ、むしろこうした現状での蛮勇こそ揮い甲斐があり、一部の馬鹿な、通ぶった本好きからはその出版に逆張りの称賛が得られることは、彼もよく知ってはいる。

けれど、そもそも近代文学の古書に慣れ親しんできた貫多は、個人全集と云うものに格別の思いを抱いているところがあった。その小説家の、仮令名目ばかりの選集的レベルのものであったとしても、とあれ集大成としての刊本である。それが敬する対象の小説家のものであれば、その愛読者にとっても架蔵すること自体が誇りであり、生涯手放せぬ別格の書籍となるはずだ。

そうならなければ多分におかしいとさえ、彼は本気で思っている。だからこそ藤澤清造の著作を翻刻するに、それを自らの身銭を切って出す以上は目ぼしい数作を集めてそれらしい体裁に仕上げただけの、そんないい加減な一冊本ではとてもじゃないが慊《あきたり》ず、何巻にのぼろうとも完全を期した『全集』でなければならないのだが——しかしこの現実の価値価格の暴落ぶりには、彼の気持ちもうっかり消極の方向へ引っ張られるかたちになってしまった。

発刊しても内容の如何にかかわらず、二束三文の扱いをされる今の状況で出すよりかは、もう少し様子を見た上でのことにした方が良いとの思いに流れてしまった。

様子見したからと云って、悪状況が容易く好転するとも思えぬが、どうせここまで刊行を遅延していれば、この上に尚と遅延を重ねたところで同じことだし、静観していればそれなりのタイミング——海路の日和と云うのもあるかも知れぬとの考えでもって、この点も件の空白の、大いなる一因に加えていた。

更に今一つ、自分にとっての最大にして最後のこの目標を達成したあとの、わが身に訪れる空虚を恐れる気持ちも、その順延の理由に一役買っていた。

そしてこれらを総合して今は発刊できぬことの建前にし、結句、実に二十年の〝刊行未遂〟期間を経《た》てきたものであった。

しかしながら、それもうここいらで——このいい加減長過ぎた準備期間も終わりである。

いよいよの再起動であり、再始動だ。そしてそれは、事実具体的に進みだしている。

もう、かような躊躇と慎重、ケチな出し惜しみと野暮な狷介を繰り返してはならない。

貫多が三年半ばかりの前にものした「芝公園六角堂跡　狂える藤澤清造の残影」と云う短篇は、その〝歿後弟子〟道を真っ直ぐ歩んでいるつもりが我知らず軌道にズレが生じ、『全集』と伝記作成の資金や資料代稼ぎの為だけの男芸者のつもりも、いつしかその真似事に慣れを覚えていた途次に、或る〝華やかなる〟用件で芝公園の、しかも六角堂跡の向かい側のホテルに赴いて、そこでようやくに該地が〝師〟の終焉地たることを思いだし愕然、近頃の己れの不様な不心得ぶりにも気付き、自分で自分を蹴殺してやりたい程に三省して再出発を期す、と云う我ながらまこと他愛のない内容の作だが、思いを一新し――一新する為にあえてかような愚作を発表し、そこから改めて準備万端整えて、そして今ようやくに再起動だの再始動だの再出発だのの、甚だ調子良い感じの語も口にのぼせられるだけの自信が、このときの貫多には確と備わっていたのである。

第二十回の〈清造忌〉を終えて、翌日の午後に帰京した貫多は、まず三月に刊行予定の『どうで死ぬ身の一踊り』のゲラ確認をすべて済ませ、角川文庫の編輯部に戻した。カバーの装画には、新潮文庫版での信濃八太郎氏の手になるものを少しくトリミングを変えた上で流用した。これは藤澤清造の『根津権現裏』元版の函で使用されたところの、広川松五郎の版画とよく似た雰囲気を放つ点を貫多は大いに気に入っていたので、過分ではあるが引き続きその新版でもお世話になる許可を得ざるをえなかった。

　また、この月に発売された『群像』の二月号には「四冊目の『根津権現裏』」と云う五十枚の短篇が所載されたが、寄贈でもらった一冊とは別に、この号はスペアを二冊購入しておく。計三冊のうち、一冊は保存用で、もう一冊は六畳間の〈私設藤澤清造資料室〉の棚への架蔵用である。大型の新刊書店にしか置いていない文芸誌は、早く買っておかないと数少ない店頭の在庫が払底してしまう。彼の〝再始動〟をこの二〇一九年の初頭からとするならば、さしずめ該作の発表が、その一番打者と云うことになるのである。

　そしてすぐと続けて、同じく角川文庫版の『藤澤清造短篇集』復刊のゲラに取りかかる。先の新潮文庫版は同じく彼の校訂ではあるが改めて一から突き合わせ、過去に刊本収録のあった作は異本版とも見比べて、最後にそれぞれの初出誌紙を使って校合する。これは手順を曩時の新潮文庫版とは全く逆に行なうことにしたものだった。

　で、新たに挿入する藤澤清造の肖像や自筆原稿の写真を用意する頃には、並行して講談社文庫から出してもらう自著、『藤澤清造追影』の準備も始める。

　本来は同社からの単行本、『東京者がたり』の文庫化なのだが、他にそれまでに清造について発表し、すでに絶版になった刊本にも収録したものをセレクトして併録してくれるよう嘆願し、そしてどうせなら例の生誕百三十年に合わせ、むしろその種の文の方を表題としてくれるよう半泣きで懇願して、結句件の書名での刊行が叶ったものであった。

貫多の事の折衝に当たっての人並み外れたしつっこさ、食い下がりぶりについては先にも記したが、この際も彼は、浅見淵《ふかし》『昭和文壇側面史』中の、「新宿の聚芳閣」の章にある、〈それから、のちに芝公園のベンチで窮死した藤沢清造が「根津権現裏」の紙型を持って現われ、編集室でその衝に当った井伏君にネチネチ長いこと食いさがっていたのが、印象に残っている。（中略）和服の襟元から真っ赤な徳利ジャケツが覗いていて、そのネチネチした話振りと相俟って、どことなく異様な感じを与えた。〉との記述よろしく、浅見や井伏鱒二を辟易させた〝師〟をも或いは凌駕する異様なネチっこさでもって、ようように承諾を取りつけたものであった（その執拗さにはほとほと嫌気がさしたものか、担当した編輯者は程なくして部署異動となったときには後任に引き継いでくれることなく、まことスタイリッシュに去っていった）。

で、その準備が一式済むと、取り敢えず八十枚の短篇を二本続けて書き、二本目を仕上げると同時に、六月売りの『群像』誌で再録してもらう藤澤清造の新発見原稿「乳首を見る」の校正と、その解題二十枚強を書き進め、傍ら七月末までとのひどく短い校了期限が気になる文芸文庫版『藤澤清造　負の小説集』に収録する作の校訂を行なっていった。

これには四十枚分の解説と、従来の同文庫のその欄よりも少しくマニアックな要素を加えた著書リストを添え、年譜も彼がこれまで発表してきたものに、新たに現在までの没後事項も増補するので、なかなかに時間のかかる作業となった。

本来は、〈北町貫多編〉と銘打ってあったとしても、編者は校正や校閲までは担わない。収録作を選んで、せいぜいが十枚とか二十枚の解説を書くまでのところが、その課せられた役目であろう。けれど貫多の場合は、自分で校正も校閲も校訂もしなければ、どうにも気が済まぬ。イヤらしい云い草だが、それに関して手間賃が出るわけではない。だが校訂まで自身でやってのけてこその〝歿後弟子〟である。その辺りは他人任せにしておきながら、著者名と併せて自身の名を〝編者〟として付したのでは、とてもではないが藤澤清造に対して申し訳が立たない。少なくとも、彼の場合は申し訳が立たない。

と、そんな独りよがりの忠義の思いを励みに、貫多は連日連夜の作業をこなしていたが、更に今一つの励みになったと云うのは、折しも発売となった『群像』の七月号であった。これには先の清造の〝新発見原稿〟が堂々掲載され、貫多のヘボな短篇二本も、まさにこれこそそのツユ払いの態《てい》でもって所載されている。

師との最初で最後となる、文芸誌誌上での合乗りである。

この新発見原稿の再録は、当初は七、八年前だかに『新潮』誌に打診して承諾された企画であった。はな貫多は、凋落期に『新潮』誌から締めだされてそのままで終わった師の為に、該誌での再録をどうでも実現したかったのだが、先述した通りに、師匠が師匠なら弟子も弟子、と云うか、或いは弟子が弟子なら師匠も師匠だと云うべきか、結句、時代は違えど彼もまた藤澤清造同様に、該誌の編輯長との確執が因で、この話を立ち消えにさせてしまっていた。どうも師弟揃って矢来町には縁がないらしい。

で、これは、その後すぐと『文學界』誌——藤澤清造は菊池寛とも仲たがいし、『文藝春秋』誌から干された時期もあったが、菊池の度量の広さによってかその方は四、五年程で解除された——に持ちかけて言下に断わられ、次に『すばる』誌に持っていって了承されながらも、編輯者が異動してそれっきりとなっていたものだ。それがようやく、実現をみた。

これが彼には、本当にうれしかった。誰に配るわけでもないが、久々に——最初に自作が文芸誌に載ったとき以来久方ぶりに、同じ号を十冊以上購めて作業の合間にうっとり眺めることを繰り返した。

何んと云うか、思いの三分の一ぐらいは果たしたような充足を覚えた。現今の文芸誌に、長く〝埋もれていた〟はずのその私小説家が何食わぬ顔して紛れ込み、表紙のみならず背表紙にまで登場している図々しい感じが実に愉快であり、痛快でもあったのである。

まことにこの時期の貫多は、毎日が藤澤清造浸り、清造三昧の日々だった。依然、気力も充実していた。

趣味ではなく、これらを仕事として行なえる状況が、何んとも幸福に思えていたのである。

だが、好事魔多しの譬えもある通り、ここに突如として鬱陶しい事態に出会わす破目となってしまった。

どうにもわけの分からぬ、首の激痛に見舞われることとなったのである。

七月に入った直後だった。前述の作業を押せ押せで進めていた最中に、一寸もう頭の作動が止まりゆく感覚に赤ペンを放りつけ、フローリングの床《ゆか》に寝そべり手枕でもってうたた寝をしたところ、次に目が醒めたら首の付け根にイヤな感じの違和感があった。

瞬間、慄いたのは彼は何年か前にもこうしたシチュエーションで仮眠を貪り、直後に首に違和感が生じて、それがやがて激痛へと変貌した経験を持っているが故であった。はな、単によくある寝違え程度のことであり、こんなのはすぐに元通りになるだろうと高を括っていたのだが、それから一箇月は件の痛みで塗炭の苦しみを味わい続け、病院でのブロック注射や痛み止めの服用も効果の出ぬまま殆ど睡眠をとれぬ状態で過ごし、ようよう二箇月目になって少しずつ軽癒していったとの記憶も、未だ生々しき故にであった。

その折と、同一の違和感を覚えたと云うのである。

そしてこれは案の定、翌日には見事に激痛に変じたが、結句前回と同じ病院で下された症名は、やはり前回同様の頸椎神経根症――要するに頸椎のヘルニアであった。レントゲンでの見立てでは、彼は元々が、首のその辺りの骨と骨との隙間が随分と細くできているものらしかった。

だが一つ前回と違っているのは、此度の貫多は、彼としては珍しくやるべき作業が立て込んでいる点である。前回のその際は、外で馬鹿ヅラ晒す金稼ぎアルバイトによく出かけたが、これはそこに行っている間は首の痛みも案外にまぎれていた。

しかし今回は机上で、ただささえ痛い首を傾けて、そして何時間もその姿勢を続けなければ終わらぬ作業である。他に気を散らす術とてなく、一字一字を見比べ、或いは生来不得手な文章の組み立てを行なわないと全く先へは進まぬが、その、ものを考えると云うことが鈍痛によってままならない。

するうちその痛みは肩の——殊に左肩の付け根辺に拡がり、二六時中痺れを伴う激痛が続く状況となってしまった。僅かにこの痛みが誤魔化されるのは、ロキソニン配合の湿布を新たに貼り直したときのみ、と云うか貼った直後の数分間のみの、何んだかもう、生きているのがイヤになってくる程の悪化ぶりである。

さすがにこれでは作業の手が停滞がちにもならざるを得ず、文芸文庫の刊行月を後ろへ変更したい旨を打診したが、これは一蹴された。すでに方々へ発刊を告知しているので、八月刊は動かせないとの由。

しかしそれで作業を焦ってミスが出たら本末転倒だと思うのだが、編輯サイドや営業サイドにとっては刊期の死守の方こそ最優先事項であるらしかった。

が、首肩の異常な痛みは一向に引かず、無理に無理を重ねる度に症状は悪化の一途を辿り、作業は一日ごとにその遅れの幅を広げてゆく。

そうなると、近年は持ち前の短気の虫をつとめて押し殺している貫多も、ついつい自制の念を忘れる格好となって、彼の遅れを詰り、嘗めたボヤきを口にしてきた担当者との間に俄かに険悪な雰囲気も生じた。

愚痴をこぼしたいのはこちらの方だ、と憤りつつ、しかしそれは自分が望んだ作業であり、かつ、またこれが藤澤清造の著作である故に一切の文句も言えぬジレンマが、尚と心をイラつかせる。

最終的に、遅れに遅れたその責了は、発売月は八月を守りながらも発売日を一週間遅らせての、苦肉の措置の上で果たすかたちと相成った。

年譜部分と著書リストに最後に手を入れた箇所のゲラは、結句貫多のところには時間切れとなって廻っては来ず、その箇所の校正のみは担当者の方で行なうと云う、ひどい不安と悔いを伴う不完全さも残してしまった。担当者の方で強硬に、件の箇所の確認は任せてもらいたいとのことを主張されたのだ。そこまで言われれば、これは一任をせざるを得ない。

が、その箇所は実際には再度の念校を取ることなく、そのまま責了、製本されてしまったのである。

それを見本を受け取って初めて知った貫多は愕然とした。そして担当者の〝もう校正を取る時間が残っていなかった〟と〝こちらも眠気が限界だった〟との弁明にまた愕然——もはや怒りを通り越しての呆然の態《てい》となった。

が、このミスの点で、かの書籍のすべてが水泡に帰すわけでなく、本文の方は最後まで自分の目が通ったものであるし、とあれこうして発刊され、かたちにするのが叶ったことが肝要である。

けれど、やはりこれには自身の無能さと、結果的には〝口ほどにもなかった〟己れのお粗末な不手際に対する忸怩たる思いが残った。

件の頸椎の症状は尚も続き、その間、貫多は心身ともに怏々として楽しまずの日々に喘いでいたが、一方で藤澤清造に関する資料は、何やら不思議なくらいに彼の元に舞い込んできた。

殊に九割方は現物で蒐集できたと自負する掲載雑誌は、この数箇月で新たに七冊が手に入り、そのうちの五点はこれまでの彼の博捜にも引っかからなかった未見の作（随筆と、アンケート回答）である。なのでこの方面での幸運は、頸椎の不運の見返りのものだと無理にも思うようにつとめる。

で、そうした喜びもあったのちに、かの苦痛が少しく軽快してきたのは実に九月に入ってからのことだった。

痛みが、長時間の机上作業に耐えられるまでのところに和らぐのを待って、次には角川文庫版『根津権現裏』の再校訂に取りかかる。

本来は該書も先の『短篇集』を出した直後に立て続けに刊行する予定であったが、わりと早い段階で遅らせることを申請し、これはすんなりと承諾されていた。

本文をはなは新潮文庫版での本文をそのまま流用するつもりでいたのだが、折角だからその後に更に入手した、佐佐木茂索宛と佐々木味津三《みつぞう》宛の二冊の藤澤清造自筆書き入れ本（本文中の伏せ字箇所を清造自身の筆ですべて埋めているもので、新潮文庫本版では同作の産婆役を担った三上於菟吉宛の他、小島政二郎宛と他に宛名が切り取られた二冊の、架蔵する計四冊を底本に用いていた）をも参照して、改めての校訂を施しておきたい思いに駆られたが故の遅延の申し出である。

同時に、自身の「瓦礫の死角」を表題とした新刊の初校も見始めたが、集中の二篇、「四冊目の『根津権現裏』」と「崩折れるにはまだ早い」は、共に例によっての〈清造物〉であるので、この手直しも含めたまでのところが、とどのつまりは二〇一九年における、貫多の再始動後の藤澤清造関連の活字化作業――その全量の流れであったが、明けて二〇二〇年も早速に、『全集』準備の仕込みに没頭した。

新しい版元と打ち合わせを重ね、再三の見積りを取り、念の為に他社からも取って比較検討し、装幀廻りや特装版の体裁に関する心当たりをピックアップして、諸々の条件面の相談も進めていた。

また他方では文芸文庫でも二冊目の企画を実現してもらうべく、貫多は例によってのネチネチとした折衝を始めたが、如何せん前書の『負の小説集』は、予想通りの芳しくない売れ行きであり、初動も到って緩やかだったから再版の見込みは到底なく、二冊目実現の壁はかなり高いものであった。

なので彼はやむなく該書を自腹で買い歩き、店頭在庫が払底すると、いっそ版元の在庫をすべて買い取ることを相談したが、それは編者たる貫多が買い取ったのが分かれば却って次には繋がらなくなる旨、担当者から諭されて断念する。

程なくして赴いた、その年は第二十一回となる〈清造忌〉では（このときも、やはり降雪はなかった）、その二冊目の件についてはどうやっても敗色濃厚な雰囲気に包まれていた最中にあっただけに、〝師〟の墓前に立った貫多の表情は終始冴えない、沈んだ渋面の続く塩梅となっていた。

ところが二月に入ると意外なことに、その企画が通ったとの一報がふいに届いた。まさかに貫多が改めて提出したところの、手書きの〝企画書〟が効を奏した訳でもあるまい。第一、その現物がそのまま当該部署の責任者の手元にまで行くこと自体が、なかなかに考えにくい。また、これには一種の札付きたる貫多と未だつき合ってくれている、数少ない編輯者や所謂文壇バーの女の子たちが、件の『負の小説集』をそれぞれ十冊ずつ、都内近郊の書店やネット書店で購入してくれる有難い協力もあったが、それらを合わせても結句百冊に充たぬ数だから、やはりこれも二冊目実現の直接の契機になったものではあるまい。

が、プロセスの如何はどうあれ、兎にも角にもこの朗報は貫多を痺れさせた。

昨年来の〝始動〟の意識に一層の勢いがつき、その没入に更なる拍車がかかった。

——かかった、はずだったのである。

そうだ。そして企図したことを順々にかたちとして成立させ、確かに順調な航海を続けていたはずなのだ。

——ところがこの朗報の直後に、俄かにかまびすしくなった世界的な疫病流行に関するあれこれは、その順風満帆だった渡海を思いの外に強圧的な力をもて、暫時停滞させる格好と相成った。

四月になると尚と異様な、その件に絡んでは何事にも抗えぬ雰囲気となり、あまりこう、さしたる意味もなさそうな自粛の強制は、他県への移動に対しても及ぶようになった。

到底、能登七尾まで〝師〟の掃苔にゆける流れではない。本来ならば、それは貫多にとっては生きる上で不可欠の行事であるから、敢然と向かうべきである。が、若年時と違ってそれなりの分別のついてしまった五十男の悲しさで、そんな屁理屈よりも前に、先様の思惑の方に気兼が作動してしまう。他の思惑なぞは、どうでもいいのである。しかし〝師〟の菩提寺たる西光寺の住職や御家族のかたに対しては、やはりその思惑を無視することはできない。

こんな不穏な状況下に、最も感染者数と云うのが多い地域からノコノコとやって来られるのは、それは迷惑なことであるに違いない。どうしたって、今は一寸遠慮して欲しいと云うのが、その本音であるのに違いあるまい。

けだし、当然の話である。また今現在の時点では、七尾市内での感染者は確認されていないそうだから、もしこれで墓参を敢行し、仮令実際は貫多が元凶ではなかったとしても、そののちにもしか該地で発症者が出ようものなら、イの一番で疑われるのは畢竟貫多と云うことになる。

その場合、得意の嘘と空っとぼけは通用すまい。〝行ってません〟とシラを切り通そうにも、悪いことに、毎月二十九日には必ず七尾にいる事実は知っている人は知っているし、何より墓前に供した真新しい香華とラッキーストライクの燃え残りが、彼の紛うかたなき来訪の無言の証人となろう。それがバレれば、袋叩きにされること必定である。

従って道義的にも保身の意味でも、その月の命日墓参は断念する道をとったが、それは翌月も翌々月も同じ理由で踏襲せざるを得ない、何んとも忍び難い憂き目を見る次第となったのである。

で、この掃苔の自粛の方はやがて我慢も限界を迎えて、分別も社会の目に対する遠慮もかなぐり捨ててしまったが、『全集』関連の方は同様に強行するわけにもゆかず、版元、並びに印刷所との折衝や打ち合わせがまるで進まなくなってしまった。どちらも日々の業務は続けているものの直接の面会が叶わず、またそれを強いるわけにもゆかぬ現状では何事につけ進捗が遅くなり、見積り一枚もらうにも一箇月、二箇月と待たされた挙句にこちらの出して欲しかった点は脱落している不完全さで、次第に空白期間ばかりが徒らに長引く格好となっていた。

尤も、これは誰をも責められる話ではない。そう云えばその印刷所は老舗の金看板のわりに、二十年前の落日堂での『全集』印刷交渉時には随分と煮え湯を飲ませてくれていたが、しかし此度の種々の不備に関しては、この社会混乱に等しい自粛流行の状況下では甚だ止むを得ないところがある。

同様に文芸文庫の方も担当者が異動して、その後任も容易に決まらず、二冊目の作業の進めかたに関して何んら意思の疎通も図れぬまま、待機の状態が続いていた。

仕方なしに貫多も、この疫病流行下の未知の不便を今は静観することとし、〝走り込み〟と称して取り敢えず自身の机上のみで進め得る作業を続ける。

そしてかような状態のまま月日を経《た》て、やがてその年も大詰めとなった十二月二十九日――。

二〇二〇年最後となる藤澤清造の墓前で、貫多は物思いに耽っていた。

何んと云うか、結句は今年は満足できる仕事を何一つ成し得なかった、慚愧の思いを噛みしめていた。

角川文庫版の『根津権現裏』は、はなの予定より一年以上遅らせて、今年の――今月の発刊に変更してもらっていた。

これのみが本年の収穫で、その他は見事に、何一つとして出来なかったのである。

確かに改めて起動し、改めての始動をしたつもりだったのである。そして今頃はもう、『全集』の第一回配本も実現していたはずだったのである。

何やら訳の分からぬうちに、将棋で云うところの雪隠《せっちん》詰めにされて、イヤなかたちでの敗北を喫したみたいな感じであった。

寺の境内にはこのときもまた、雪の堆積はどこにも見当たらなかった。最前まで降っていた冷たい雨のぬかるみだけが残っている。

貫多は水桶に柄杓を突っ込むと、その雨滴に濡れそぼった墓石へ何がなし、もう一度水を注ぎかけたが、その心は甚だ虚ろであった。

無論、些か八方塞がりの状態だからと云って〝師〟に願をかけるような真似は一切しない。下手に願をかけ、当然ながら果たされることなく終わる結果を見るのが怖いので——その人から拒絶される結果を見るのが恐ろしいので、かような真似は絶対にできぬ。

ただ一度だけ——これまでの二十三年間と云うか、明ければ二十四年間の中でただ一度だけそれを行なったのは、例の新人賞の三度目の候補時であった。もうこれで完全に後はないとの自覚から、その銓衡会の数日前にこの墓前に進みでて、我知らず〝助けて下さい！〟との情けない叫びを心中で挙げた、そのときぎりのことだった（「一日」参照）。

なので此度もそれはせず、火を点けた煙草をもう一本線香立てに差し込みながら、「引き続き、その無念を継がせて下さい」との言を、全くの独りごとみたような態《てい》で墓碑に向けて呟く。

思えば、彼のこれまでの藤澤清造追影は、どれもこれもがすんなりと一発で上手く行っているものではないのだ。

何よりも最初の、所期の最大目標たる『全集』と伝記を未だ作成していない一事をもってしても、それは明白なるところなのだが、藤澤家代々墓の土台改修も清造墓の隣りに自らの生前墓を建てるのも、いずれも一度は当時の先代住職に断わられている。四半世紀前の彼は、何故そこまで藤澤清造に執着しているかが分からぬ胡乱な得体の知れぬ人物として、その、毎月東京からやって来る行為自体にも不審の目を向けられていた。嫂が建立し、老朽して取り払われて本堂の縁の下にしまわれていた、例の木製の墓碑を譲り受けたときもそうであった。やはり先代住職から、これは私する物ではないことを説諭され、一度ならず二度三度と断わられた。位牌も、また然りである。

だが、それらは結句すべてが先方の寛容と理解を得るに至っていた。一朝一夕のことではなく、時間をかけて許しを得るに至っていた。

肉筆資料に関しても、その種のケースは決して少なくはない。

献呈第一番本と云うべき、清造自筆の書き込み入りの『根津権現裏』は、元の贈り先である該書出版の産みの親、三上於菟吉から清造の『演芸画報』誌在籍時の上司でもあった三島霜川の手に渡り、のちにその遺族が古書店に流したのを或る大学教授が入手した。

で、この別格の『根津権現裏』を所持せずして〝歿後弟子〟は名乗れぬ思いに駆られた貫多は、伝手を頼って大学教授当人に交渉し、再度に亘って拒否をされ、土下座をかまして呆れられ、最終的には黄白（あえて嫌らしいことを言うが、新車のベンツを優に購える額である）を介在させて手に入れた（「四冊目の『根津権現裏』」参照）ものだし、その手が使えぬ相手には、別の手段を弄して一点の取りこぼしもしてこなかったが、それらのすべてが——各版の清造文庫化時の折衝の件も含めて、初手からスムースに事が進んだ様《ため》しは滅多になかったのである。その前に、必ず幾度かの障害に阻まれていたのである。

七尾界隈での調べ事に関しても、それは全くもって同様であった。該地の公共機関や〝文学通〟らしき人物は、こぞって何やら勿体をつけ、他所者に対する排他意識と或る種の敵意を見せ隠しさせつつ、無名の人間には関わることを避けてくる（「**廻雪出航**」**参照**）。これらの存在は、改善の余地も改善したい思いもないことからすぐと念頭から除外をしたが、それでも二十三年も続けていれば、その種を頼る必要は一切皆無な成果と実績、資料の質量とを独力で得ることができた。

紆余曲折を経ながらも、とあれ最終的には常に結実を見ているのであった。

それだったら、すべてはこの流儀でいいのである。倒けつ転びつの態《てい》でも、目的地に辿り着けばよい。

元を質せばまったくの徒手空拳で始めていることなのだから、そうすんなりと事を運ばせようと云う方が、甚だ虫の良すぎる考えなのだ。

そうだ。すべては二十三年前のあのときに、何もなくなった状態でこの墓前にぬかずき、この人の無念を引き継ぐのを願ったことから始まっている話なのだから、別段慌てて焦りを募らしたり、無力感に打ちひしがれるがものはない。こんなのは、他の誰の為にやっているものではないのである。いよいよ駄目となったら、脳を麻痺させた上で芝公園にゆくなり、またこの墓前に辿り着くなりすれば良いだけのことである。

——と久方ぶりに改めてそこに思いが至ると、生来がヘンにペシミスト体質にできていながら、あまり長時間はそのポーズの持続に耐えられぬ質にもできてる貫多の目には、俄かに生気みたようなものが蘇える塩梅となり、彼は薄汚れた黒ジャンパーのポケットから、またラッキーストライクの袋を取り出した。

そして一本を取り出して火を付けたものを、またぞろに火先を上にして線香立ての中へと押し込んだのち、自分も一本を吸いつける。

その煙りを肺に入れ、吐き出して、彼は取り敢えずは、この場での心の整理がついたことに安堵した。

安堵して、どこかで安酒を飲むべく寺の山門口を出ていったのである。

だが、翌朝に冷雨の降りしきる七尾の駅頭で、煙草を吸いつつ大阪行きの特急列車の到着を待っていた貫多の胸には、突如として何んの脈絡もなく、とんでもない疑問が去来してしまった。

やはり初めにこの地を訪れた際の記憶を反芻していた最中だった。今と同じく駅で帰途の列車を待っていたときに、その追影に人生を棒にふる決意を再度固めていたのを思い出した、次の瞬間であった。

——それから二十三年が経ったが、自分のこうした活動や清造喧伝は、果たしてその人の役に立っているのだろうか、との根元的な疑問が、ひょいと脳中に浮かんでしまった。

自分では、なにか随分と奮闘を重ねてきたつもりだが、突きつめるとそれは藤澤清造の為になっているのかと云う疑念である。

この他愛ないと云えば至極他愛のない自問に、しかしながら鮮烈で異様な衝撃を受けるかたちとなった貫多は、すぐとはそれに対する答えを模索することができず、ただ棒立ちの状態になって瞑目した。

小雨が降り続く七尾駅頭での彼の瞑目は、遠くに特急列車の入線の近付く気配が聞こえても、まだ暫しは凝として続いたものである。――――

時刻は、そろそろ午前五時になろうとしていた。

未だ凍てる漆黒の空に、暁の輝きがあらわれるには幾分の間を要するらしいが、眼前の車道には大井辺りの埠頭に向かうべくの、湾岸通りへと流れるコンテナ車の姿が少しく目立つようになってきた。

先月に発売された角川文庫版『根津権現裏』は準備期間も作業時間も充分に得られながら、付録部分で『負の小説集』と同様の不備を繰り返してしまっていた。先般の、十二月の七尾からの帰りの列車の中で、貫多はそれに気がついた。拙速は巧遅に勝さると云うが、この場合は拙遅が拙遅を招いた不様きわまりない格好である。

この自己嫌悪を引きずっての年明けは、のっけから、あの外出も会食も咎められる期間を再び強制的に設けられる破目となったが、まだその措置は継続の真っ只中にある。他県への移動も原則不可になっているものらしい。

文芸文庫での二冊目の件は、相変わらずその後の編輯者との折衝が途絶えていた。『全集』の進捗も依然止まったままであり、こちらはもう八箇月も宙ぶらりんの状態である。

貫多は口元を覆った白マスクをまたぞろに取ると、その唇の端に煙草を差し込んだ。

ふと目を上げると、前方から夜目にも一見して派手に映る、カラフルそうな黄色の上下ジャージを着込んだ男が走ってくる。

眼前を横切った際に確かめると、その男は貫多と同年代に見受けられる初老の禿頭だったが、先様の方でもこんな時間にこんな場所に立って、煙草の煙りを吹き上げている彼のことをイヤな横目でジロリと見やる。その口辺でマスクをやけに激しく凹凸させているのが、何やら滑稽でもあった。

貫多にはこの初老男の、何かの動物霊にでも取り憑かれているみたくして狭い歩道を疾走するさまが、むしろ肉体面も精神面も不健康に蝕まれた一種の狂態にも感じたが、一方の先様は路の端にてボンヤリと——それこそあらゆる点で不健康そうな物体として佇む彼を、間違いなく一個の不審者と見做していたことであろう。

だが彼我も、当人には当人なりの事情と目的があって、互いにそれを自信をもって行なっているのだ。

（まあ、あれだ。人それぞれってことだよな……）

心中で呟いて、近時念頭に垢みたくこびりつき始めた考えを——どうで私家版ならば、もう私家版らしく堅牢な造本、高額となる活字書体の古臭いこだわりを捨て、簡易製本の、最近よく見る体裁での〝作品集〟を三百部程度作成する方向に宗旨替えしようかとの、柔軟と云えば柔軟な考えをきっぱり捨てることにした。

時間も手間も費用も左程にはかからず、かような悪状況下で進捗がストップするおそれも少なさそうなその方法に、彼の気持ちは少なからず揺れ動くところもあったのだが、所詮はそれも些かの自己嫌悪に陥ったことに伴う、いっときの弱気からの惑いに過ぎなかったようだ。

今年こそ、この二〇二一年こそは目にもの見せてやるべく——自分自身に対して目にモノ見せてやるべく、貫多は改めての再起を心に期した。

この、藤澤清造の祥月命日の死亡時刻に終焉の地に立って、新たなる思いで心に期した。

で、貫多は煙草を携帯灰皿（近年の彼は、ようやくにかようなものを携行して、使用することにつとめている）に揉み消すと、一度自室に戻るべく、もう始発も動いているであろう芝大門の駅へと足を向ける。

そしてその彼は、十一時間を経たのちに七尾の駅に降り立っていた。

第二十二回となる〈清造忌〉を挙行する為に、一面の雪景色の拡がっている眼前の通りを、〝師〟が眠る西光寺へと向かって歩きだす。


二〇二一年八月一日——

北町貫多は、芝公園の六角堂跡辺に佇んでいた。

連日の炎暑はこの日もまた、夕方近くになっても焼け爛れた舗道を尚と激しく灼き続けている。

斜向かいの高層ホテルはその無数の窓のみならず、建物の外壁全体で真夏の日射しを乱反射させていた。傍らのタワーは、今はその鋭利で暴力的な自然の光りとの調和を図るが如く、何やら無機質な鉄塔を装いつつも、やがて始まる澄んだ夜空の下での煌びやかなライトアップの時を待っている。

貫多はズボンのポケットから、くしゃくしゃになったラッキーストライクの袋を取り出した。

そして中なる残り少なき縒れた一本を引き抜いて、それを口元へと持っていったところで、ふと手が止まる。

その前に、己が口周りを覆っているところの白マスクを外す必要があった。

これでもう、一年以上も続けざるを得なくなっているこの習慣は、うっかりすると未だに装着の有無を失念する。

平生は軽ろきストレスを伴う違和感を絶えずかかえているわりには、どうかしたはずみに――それはボンヤリしているときよりも、むしろ何かに興が乗った際なぞに、かの存在を忘れる場面がままあった。

マスクを取った彼は、ついでに度の入っていないサングラスも外して、手巾で顔を拭う。

車の行き交いも多く、この暑いのにジョギングだかマラソンだかに興ずる変わり者も普通に多い。穏やかな活気が緩やかに流れている一見何んの変哲もなき日曜の午後の光景である。

丸山の樹々から響き渡る蟬の鳴き声も、ここまで幾重にも放たれるともはや公害の域だが、それがこの季節のこの場所にあってはむしろ必須であるとも思える独得の風情をもって、八月の熱気を尚と掻き立てていた。

これもまた、一見は毎年変わらぬところの、ごく普通の真夏の日常風景である。

前回にここに来てから、ちょうど半年が経った。そのときは二回目の自粛強制期の只中にあったが、今はその都合四回目の期間の最中であり、期限も延長されることがすでにして決まっているらしい。

——それにしても、暑い日である。ガードレールの灼けたポールに、舗道側から軽く尻を乗せた貫多はもう一度手巾を取ると、煙草を挟んでいない方の右手で額の汗をぬぐった。

そしてまた一服、煙りを深く吸い込んだが、それを胸に入れてからゆっくりと吐きだすその表情には、ここしばらくの心奥の鬱屈が消え去った晴れやかな色があった。

もうそんなにして、いつまでも流行の疫病のせいにしている場合ではなかった。

ついつい、それに自ら合わせているような、ふやけた部分もあったのだ。五十四歳の馬齢を重ねた者に残されている時間は、こうしている間にも確実に目減りしている。

彼は煙草を消してまた手巾を使うと、外していたサングラスをかけ直す。

先月の検診で、今度は左目にも白内障の兆候があらわれている旨を指摘されていた。一般的には耐久寿命七十年と云われる眼球の水晶体が、どうも彼の場合は、両方とも妙に短命にできているものらしい。

もう人工レンズの挿入手術は恐れるがものはないが、しかし今度は放置をせずに、どうにもいけなくなるまでは出来るだけ己が目を労わって保護してやりたくなった。その上で、どこまで保つのか試してみたい思いもあっての、この眼鏡の着用である。

で、これが白内障ならばまだ良いが、他の種類の、死に至る病にでも見舞われた日には百年目だ。流行の疫病に罹るより、その方の病を得る確率の方がはるかに高い気がする。なれば、ともかく今のうちに為すべき事はすべて為しておく必要がある。

とは云え、それも全部が一人でやれることではないから、『全集』の今暫しの遅延は止むを得ない。この時節は変えられないし、自粛遵守の人や会社に対して強要して作業を進めることは不可能だ。気持ちは焦るが、仕方がない。そう思うより他はない。

色々と、その都度出鼻を挫かれている格好だが、逆にそれで幸運だった面もある。先にも述べた、肉筆資料や未見文章の追加入手はその最たるものだが、心底冷や汗を拭う思いをしたのは、昨年に拾った二篇の初期文章である。藤澤清造が小説を書く以前の、かぞえ二十六歳時の感想であり、文中に二十歳そこそこの頃に捻りだしたアフォリズムも再録した、恐ろしく貴重な（貫多にとっては、だが）文章である。この収録を洩らしたまま第一回の配本を行なっていたら、大変な事態になるところだった。その迂闊さに、死んでも死にきれぬ思いに陥るところであった。

——と、云う風に、自分では頑なにそう思っていた方が、この場合は良いに決まっているのだ。

昨年の暮に、七尾の駅頭にて自問した答えはまだ出ていない。どころか、あのときを機にその問いは折にふれて、やけにこう胸に突きつけてくるような勢いを伴い、彼の心に繰り返し訪れていた。

本当に、いろいろと孤軍奮闘してきたつもりだが、果たしてそれが役に立っているのだろうか。

彼が一人で喧伝すればする程に、それは該私小説家の為にはならぬ——逆に徒らに、貫目を減らすような行為になってはしまいか。

仮に——そんな事態は未来永劫絶対に起こり得ないが、もし仮に自分の死後、馬鹿な読者が創作中でのダメ人間的記述を鵜呑みにし、ヘンに喜んで度を越した共感やら執着やらを寄せた挙句、〝北町貫多の歿後弟子〟なぞ名乗ったとしたら、彼は甚だ迷惑に思う。そんな手合いは一も二もなく異常者視し、即、弁護士に相談する。その上で民事司法を介してその者の親類縁者に連絡も入れるし、危ねえ火の粉と見なして必ずや振り払うであろう。

――だが、その当人たる自身は死んでいるとの設定だから、これは残念ながら、手の施しようがない。何をどうされようと、死後にかような対象にされた人物は、文字通りの知らぬが仏なのである。だからその伝でゆけば、件の問いに対する答えと云うのも、それは到底出てくるものでもないのだろう。

けれど、今の貫多の心情は何やら晴れやかであった。それが故、最前は口元にマスクを着けていたことも、ふと忘れていたと云うのである。

何度も述べているように、彼はもうとっくに人生を棒にふっているのだ。今更に、これまでさんざやってきたことを手控えたところで、もうどうにもなるまい。

〝人生を棒にふる〟との言い草も、多出が過ぎていい加減に目ざわりで耳ざわりで鼻にもつくが、しかしこの語には、貫多にしかふところことのできぬ種々の実感がこめられている。

最も卑俗な分かり易い例で云えば、金である。毎月の能登への墓参に、一度の往復でかかる費用は雑費も含めて七、八万を要する。それを二十四年間続けているから、掃苔の金額だけでも優に二千万円を超えている。

そしてこれも二十四年前より継続している、肉筆物を含む資料入手に使った額と云うのも、すでにその同額を軽く凌いだし、更に七巻の『全集』作成費用も、先にも云ったようにやはり二千万から必要となる話であるのだ。

黄白のことを挙げると途端に話がケチ臭くも胡散臭くもなるが、人間、案外にこれは容易く真似のできるものでもなかろう。無論、そんなことですでに六千万、七千万を費っていると豪語するのは馬鹿の見本で、他のまともな者はわが子を成人するまでに育てるのに黙々と同等の大金を支払っているのであろう。そしてその方が間違いなく、はるかに立派なことである。

だが、こちとらの〝人生を棒にふる〟はその辺の意味合いも含むものであり、今までのそれらの金子は貯蓄でもしておけばいいものを、そんな益体もないことに注ぎ込むのは殆ど狂気の沙汰で自分でも呆れるが、しかしそれ故に〝人生を棒にふっている〟旨を臆面もなく繰り返し述べ立てることができるのである。そこまでやって初めて〝人生を棒にふっている〟と云えるし、〝歿後弟子〟を名乗ることも――イヤ、それを名乗る上では自身の創作も必要になるから、まあ譲歩して云えば、その資格の入口を目指すレールの上に、ようやく車輪を降ろすこともでき得るのだ。

世の中にはこれをせずして、そして深い考えもないまま軽々しく、自分の敬する物故作家の名を挙げ、その〝歿後弟子〟なぞ自称する甘な手合いが稀にある。

土台、レベルが違うのだ。〝歿後弟子〟を目指す〝思い〟と〝やってきたこと〟と〝やっていること〟のレベルが、凡百のそれらとは大きく異っている。そんなのとは断じて、一緒にはしてもらいたくないのである。

――と、このいかさも馬鹿げた自負さえあれば、貫多にとっては他の一切はどうでもいいことであったのだ。それを〝五十を過ぎて先も見えてきた〟云々の分別顔と妙な時節も相俟って、ついつい柄にもない弱気を起こしてしまっていた。

自分の〝歿後弟子〟道のみが、彼にとっての唯一の生き甲斐であり、くだらぬ編輯者《サラリーマン》にも頭を下げて、意地ずくで小説を書き続ける理由なのである。

もう、こうなれば藤澤清造に関する区切りの年には頓着せぬのと同様に、年度の概念もきれいサッパリ捨て去るべきであろう。そこに拘泥するから、無意味な焦りも生まれるのだ。考えてみれば、人生を棒にふってる者に今年も来年もない。一切、関係がない。

本当の始動は、今からである。

幸いに、文芸文庫の二冊目の企画は潰れることなく生きていた。その四十枚の解説書きも急がねばならない。そしてその傍ら、彼の持ち込み原稿を取ってくれる優秀な編輯者《エディター》に、喜んで頭を下げて見てもらう創作の方も書かなくてはならない。

これからが、真に自分に対して目にものを見せる正念場であろう。人生、何が起きるか分からぬが、何が起き、それに動じる破目になったところで、一方では自分の為すべきことはやり続けるより他はない。

「――まあ、大したことじゃねえわな」

独りごちてからマスクをつけ直した貫多は、瞬間フワッと曇ったサングラスの、その視界が開けるのを待って顔を上げた。

丸山の蟬しぐれは、依然として鳴り続けている。そこに一つ、蜩の音色も混じっていた。

彼は何がなし、その森林の上空に目を投いで、蝙蝠か燕かの形影を探した。

あの〝歿後弟子道〟の出発の日に、能登の菩提寺で見たところの印象に残ったシルエット——それがここでまた、何かしら象徴的な雰囲気をのせて再登場を果たすと云う、甚だ甘な流れをふと求めたのである。

が、当然ながらにそんなのは、彼の都合の良いかたちで現われてくれるはずもない。けれど季節と云い場所と云い、そして時刻の頃合と云い、今はそれが舞っていても決して不自然な状況ではなかった。

イヤ、むしろここでこそ横切っていって然るべきである。

なので、生来が大甘にできてる貫多は仕方なく、眼前の少しくとろりとやわらかくなった青空に目を据えて、脳中でその鳥影を形成する。

恰も初手の出発と此度の始動を重ね合わせたその表象として、あの日に見たところの、群れから取り残された蝙蝠だか燕だかの黒点を頭の中で翻えさせる。

初出
廻雪出航　「文學界」二〇二一年二月号
黄ばんだ手蹟　「文學界」二〇一八年一月号
蝙蝠か燕か　「文學界」二〇二一年十一月号

著者略歴

一九六七年七月、東京都江戸川区生れ。中卒。新潮文庫版『根津権現裏』『藤澤清造短篇集』、角川文庫版『田中英光傑作選　オリンポスの果実／さようなら他』を編集、校訂、解題。著書に『どうで死ぬ身の一踊り』『暗渠の宿』『二度はゆけぬ町の地図』『小銭をかぞえる』『廃疾かかえて』『随筆集　一私小説書きの弁』『人もいない春』『苦役列車』『寒灯・腐泥の果実』『西村賢太対話集』『小説にすがりつきたい夜もある』『一私小説書きの日乗』（既刊七冊）『棺に跨がる』『疒の歌』『下手に居丈高』『無銭横町』『痴者の食卓』『東京者がたり』『形影相弔・歪んだ忌日』『風来鬼語　西村賢太対談集3』『蠕動で渉れ、汚泥の川を』『芝公園六角堂跡』『夜更けの川に落葉は流れて』『羅針盤は壊れても』『瓦礫の死角』『雨滴は続く』などがある。二〇二二年二月五日、急逝。

蝙蝠《こうもり》か燕《つばめ》か

二〇二三年二月　五　日　第一刷発行
二〇二三年四月二十五日　第二刷発行

著　者　西村《にしむら》賢《けん》太《た》
発行者　花田朋子
発行所　株式会社　文藝春秋
〒102―8008　東京都千代田区紀尾井町三ノ二十三
電話　〇三―三二六五―一二一一
印刷所　大日本印刷
製本所　大口製本

ISBN978-4-16-391657-6